种玫瑰的男人

[冰岛]奥杜·阿娃·奥拉夫斯多蒂 —— 著
苏莹文 —— 译

a Novel
Afleggjarinn
Auður Ava Ólafsdóttir

浙江出版联合集团
浙江文艺出版社

神说:"看哪,我将遍地上一切结种子的菜蔬,和一切树上所结有核的果子,全赐给你们作食物。"

——《圣经·旧约·创世纪》第一章第二十九节

一

我即将出国远行,而且归期未定,于是我七十七岁的老父亲按照我母亲的手抄食谱下厨,打算为我准备一顿难忘的送别晚餐。在这样的场合,母亲一向会这么做。

"我想炸裹上面包糠的黑线鳕鱼,"他说,"然后是加了鲜奶油的冰岛传统热巧克力甜汤。"当爸爸忙着准备热巧克力甜汤时,我开着高龄十七的萨博汽车去护理中心接约瑟夫。他站在人行道上,看起来十分焦虑,一发现我的身影,马上显得兴高采烈。因为我即将离家,他特别穿上星期天穿的最好的衣服。这件紫色衬衫上印着蝴蝶图案,是妈妈买给他的最后一件衣服。

趁爸爸把鱼片暂时放在面包糠上、先炸洋葱圈的时候,我走到温室,剪些我要带走的玫瑰。过了一会儿,爸爸也拿了把剪刀跟上来，他的目标是用来搭配炸鳕鱼的细葱。约瑟夫静静地走在爸爸身后，但他到了温室门口便停下脚步。二月间的暴风雪吹破了几扇窗户，他看到了玻璃碎片，于是站在外头的雪堆上看着我们。他和爸爸穿着同样的淡棕色背心，上面绣着金色的小钻石。

爸爸说："从前你妈妈炸鳕鱼一定会加细葱。"我接下他手中的剪刀，弯腰从角落的绿葱丛中剪下一把葱尖递给他。尽管温室的规模不大，不是那种母传子、里头种了三百五十株西红柿和五十棵大黄瓜的大暖房，而是只有几丛自生自灭的玫瑰和最后十来株西红柿的小温室，但爸爸经常提醒我：我是母亲这座温室的唯一继承人。我不在家时，爸爸会负责浇水。

"我对园艺实在没什么兴趣，儿子，你妈才拿手。我一个星期吃一颗西红柿就差不多了。你觉得这几株西红柿会结出多少果实？"

"要不就想办法把西红柿送人吧。"

"我不可能一天到晚带着西红柿去敲邻居的门。"

"要不，送给宝嘉吧？"

我之所以这么说，是因为我知道母亲的多年老友可能会愿意和爸爸分享这些食材。

"你该不会期望我每星期提着三公斤西红柿去拜访宝嘉吧？她会坚持邀我一起吃晚餐。"

我知道他接下去要说什么。

"我本来想邀那个女孩和孩子过来,和我们一起吃晚饭,"他继续说,"但是我知道你会反对。"

"是啊,我反对。我和你说的女孩虽然有个孩子,但我们本来就不是男女朋友,从来都不是,会生下孩子纯粹是个意外。"

我已经向爸爸清楚解释过不知多少次了,他一定明白孩子是一时疏忽的结果,而我和孩子母亲的关系只持续了四分之一个晚上,不,甚至还不到,应该只有五分之一。

"你妈妈一定不会反对邀她过来为你饯行。"每当爸爸需要加重自己发言的分量,就会把妈妈从坟墓里召唤出来提供意见。

我现在所站的地方,正好是女孩受孕——希望这么说没错——的位置,而我越来越苍老的爸爸站在旁边,有智力障碍的双胞胎兄弟则站在玻璃的另一侧,这让我不禁感到有些尴尬。

我父亲不相信巧合,至少,对于生死这样的重大事件是如此。他说,生命的开端或结束不是纯粹由运气造成的。他就是没办法相信受孕是一种巧合的相会,不相信有哪个男人会在毫无预期的情况下发现自己和某个女人同床共寝,同样的道理,他也不能理解转弯处松脱的潮湿碎石有可能造成死亡事件，因为对他来说，该列入考虑的因素太多，不但有数据，还有数值的计算。爸爸对这些事有不同的见解，他觉得世界像是挂在一起的一簇数字，这些数字组成了宇宙万物最内层的核心，而日期，则可诠释出全然的真相和最深刻的美。我口中这些随着不同状况衍生而出的巧合或偶然，只是爸爸眼中这个精密体系的一部分。他认为，我们不能把太多偶然视为巧合，一次也许还好，但三次，何况是连续的三次就不算了，他说，我妈的生日、他孙女的生日，以及我妈过世的日子，都是在同一天——八月七日。我不明白爸爸的计算方式。在我的经验里，只要你觉得自己懂了一件事，接着一定有截然不同的状况会发生。但我对退休电工的娱乐没什么意见——只要他别把我忘了用避孕套的一时大意列入推算就好。

"你不是在逃避什么吧，儿子？"

"不是。"我补充了一句，"我昨天和她道过再会了。"

他知道问不出更多讯息，于是换了个话题。

"你该不会碰巧知道你妈把热巧克力汤的食谱藏在哪里？我买了鲜奶油。"

"不知道，但我们等一下可以一起找找看。"

二

我从温室回到屋里时,看到约瑟夫挺直了腰杆坐在桌边,双手搁在腿上,紫罗兰色衬衫上系着红色领带。我弟弟对衣着和色彩很讲究,而且和爸爸一样,老爱打领带。爸爸同时起了两个热锅,一边煮马铃薯,另一边放着平底锅。他这次下厨似乎没有十足的把握,也许是因为我即将离家,所以他才会紧张。我在他身边打转,在锅里倒了些油。

"你妈妈一向用人造黄油。"他说道。

我们两个人都不怎么擅长做饭。我在厨房里的工作多半是拧开装紫甘蓝的玻璃罐,要不然就是拿开罐器开豌豆罐头。其实,妈妈从前常要我洗碗盘,然后让约瑟夫擦干,但是他擦干一个盘子得花太多时间,最后我总是抢下他的抹布,宁可自己动手。

"接下来几个月,你恐怕不容易吃到鳕鱼了,洛比。"爸爸说。

我不想伤爸爸的心,没说我在出海处理了四个月的渔获之后,就算从此再也吃不到一口鱼,我也不会在乎。

他决心要为两个儿子大展厨艺,于是端出让我们意外的咖喱酱。

"我用的是宝嘉给我的配方。"他说道。

绿色的咖喱酱颜色特殊,但是很漂亮,像是春日雨后的青草地。我问他这颜色是怎么调制出来的。

"用咖喱和食用色素。"他解释道。我看到他事先已经拿出一罐大黄果酱放在我的餐盘旁边。

"那是你妈妈做的最后一瓶果酱了。"他边搅拌咖喱酱边说。我凝视他穿着棕色小钻石图案背心的背影。

"你该不会想拿大黄酱搭配鳕鱼吃吧?"

"不是,我只是想,说不定你会想带走这瓶果酱。"

用餐时,我弟弟约瑟夫很安静,爸爸也没说太多话,我们父子三人实在不算健谈。我为弟弟盛了晚餐,帮他将两块马铃薯对半切开。他显然不欣赏绿色的咖喱酱,毫不马虎地刮下鳕鱼上的酱汁,推到盘边。他有双棕色眼眸,长得很像某个电影明星,这实在有些诡异。我完全看不出他脑袋里在想些什么。为了缓和他冒失的行径,也为了缓和桌边的气氛,我取了一大勺爸爸做的咖喱酱。直到这时候，我才注意到胃有些不舒服。

晚餐过后我负责清理，约瑟夫则准备做爆米花，他周末回家时一定会做爆米花吃。他从橱柜里拿出他惯用的大锅子，分毫不差地倒了三茶匙油，仔细撒出包装袋里的玉米，让黄色的玉米粒铺在锅底，完成之后才盖上锅盖，将电炉的火力开到最大，加热四分钟。一听到油开始发出爆响，他随即将火力降到中火。他拿起玻璃大碗和盐，视线完全没有离开手边刚完成的工作。我们三个人一起看《今夜新闻》，弟弟坐在沙发上握着我的手，将玻璃大碗放在桌上。我这个双胞胎弟弟在回家度周末的一个半小时之后，递给我一张刻录了音乐的光盘。跳舞时间到了。

三

我带的东西很少,爸爸看到我只有一件小行李时不免惊讶。我用打湿的报纸包起玫瑰枝条,放在帆布背包的前袋。我们开着爸爸的萨博汽车,打从我有记忆以来,他开的就是这辆车。约瑟夫静静地坐在后座。爸爸戴着出远门才会戴的贝雷帽。自从意外发生之后,他开车的速度便远低于最低限速,从来不超过二十五英里。他慢慢驶过颠簸的熔岩地,正好让我欣赏破晓曙光下以规则间隔停歇在紫蓝色突出峭壁上的小鸟,放眼望去,鸟儿一只接着一只排列,宛如一页渐强的忧郁乐谱。爸爸不常开车,过去总是由妈妈驾驶。我们后面跟着一长串汽车,不停地尝试超车,但是爸爸没有因此而分心。同样,我也不担心错过我的班机,因为爸爸无论到哪里,都会预先留下充裕的时间。

"你想换我来开车吗，爸？"

"谢谢你的提议，孩子，但是不用了。你只管坐稳，记住这片你即将道别的景色就好。你大概会有好一阵子没机会坐车经过熔岩地了。"

我注视即将别离的熔岩地区，有好一阵子，我们都没说话。在我们经过通往灯塔的小路之后，爸爸开始聊起我对未来的计划，想知道我打算怎么度过人生。他知道我对园艺有兴趣，但对此并不满意。

"希望你不介意你老爸问问你对未来的计划，洛比，我不是想打探，而且你也知道，我是一番好意。"

"没关系。"

"你决定要到哪里继续攻读学业了吗？"

"我找到一个园艺方面的工作。"

"但你是个能读书的人。"

"别说这些了，爸。"

"孩子，我认为你在浪费自己的才华。"

我不知道该怎么向爸爸解释，因为园艺和温室里的玫瑰是我和妈妈的共同兴趣。

"妈就能理解。"

"没错，不管你打算做什么，你妈妈大概都会支持，"他说道，"不过呢，如果你上大学念书，她应该也不会反对。"

当我们刚搬到这个新小区时，周遭只有贫瘠的土地，风吹来碎石，堆在大石块旁边。这附近不是新盖的建筑物，就是黄色泥水塘遍布的工地。这一带面海，长期饱受海风吹打，不可能种出足以遮蔽花园的树荫，后来居民更是连种花的念头都干脆放弃了。我母亲是第一个试图在这一带种树的人，当年，邻居把这种挑战不可能的举动看在眼里，难免觉得她有些古怪。其他人自得其乐地铺起草坪，至多也只是在花园之间种些矮树篱，以便享受一年中仅有的三天夏日微风，而我母亲则是在靠屋子挡风的这一侧种起了金链花、枫树、椿树和其他会开花的小灌木。就算她要费力地把嫩枝往下插进石块，她仍然坚持不肯放弃。

　　第二年夏天，爸爸在屋子南侧盖了间温室。我们先在温室里栽培植物，到了六月的第一或第二个星期，当夜里不再结霜时，才把这些植物搬出户外。本来我们只打算在夏天把植物搬进花园，之后再移回温室，但到了最后，如果秋天的温度不至于太低，我们会让这些花草在外面多留一个月左右。某年冬天，我们甚至让这些植物留在两米深的积雪中。最后，我母亲的花园里没有种不活的植物，经过她的巧手，似乎任何植物都能开花。我们的空地逐渐长成一片神话般的花园，吸引了目光和赞叹。妈妈死后，这一带的妇女有时还会要我提供园艺方面的意见。

"其实，花草需要的只是多一些照顾，还有，最重要的，是要有时间。"我母亲的园艺哲学大抵如此。

"我承认你和你妈有你们自己的世界，约瑟夫和我不在其中，也许我们无法体会。"

这阵子，爸爸常把他自己和约瑟夫当成一个单位，老爱说"我和约瑟夫"。

仲夏夜里，妈妈偶尔会有股冲动，想半夜到花园或温室里去莳花弄草。她并非异于他人，在夜里当然也得睡觉，但夏天的夜晚总会有些不同。若是我和朋友外出到深夜才回家，常会看到她带着红色塑料桶，戴着粉红色花卉图案的园艺手套在花坛边工作，而爸爸则是在屋里呼呼大睡。夜里没人出来活动，周遭出奇的宁静。妈妈会说声"嗨"，而她的双眼仿佛在我身上看出连我自己都不知道的东西。我会坐在她身边的草地上假装帮忙除草，其实，我只是想花个几十分钟陪陪她。我手上可能还拿着半罐啤酒，于是我会把啤酒罐往花坛上一摆，躺下来，用交握的手掌托着下巴，眼睛盯着天上飘过的云朵看。只要我想和妈妈单独相处，我便会到温室或花园里去找她聊天。有时候她也会有些分心，当我问她在想什么时，她会说："对，对，我喜欢你刚刚说的事。"然后再给我一抹赞同又鼓励的微笑。

"对你这么优秀的学生来说，干园艺这行没有前途。"

"我什么时候变成优秀学生了?"

"我是年纪大了没错,孩子,但是我可不痴呆。我偏偏就是留着你所有的考试成绩单。你十二岁时是全班第一,十六岁时同样名列前茅,以优异的成绩毕业。"

"我简直不敢相信你竟然还留着那些东西。那些垃圾在地下室某个盒子的最上层,把它们丢掉吧,爸。"

"太迟了,洛比,我已经交给索斯图去裱框了。"

"你在开玩笑吧?"

"那么,你到底想不想进大学拿个学位?"

"不想,目前不想。"

"植物系呢?"

"不想。"

"生物系?"

"不想。"

"那么植物生理学或以植物生物技术为主的植物遗传学呢?"

爸爸显然读了些这方面的资料。他的双手紧紧握住方向盘,双眼直视路面。

"不必了,我没兴趣当科学家或大学教授。"

对我来说,双脚踩在潮湿的土壤中会让我自在得多,亲手碰触有生命的植物也别具意义,但实验室里的花朵可不会在雨后散发出任何香味。我不知道该如何用言语将妈妈和我的世界形容给爸爸听,让他了解:生于沃土的植物才能引起我的兴趣。

"无论如何我还是想让你知道,如果你想上大学继续念书,我替你存下了一笔基金。这笔钱不在你妈妈留下来的遗产之内。而约瑟夫,他对于现状很满意。"他又加了一句,"当然了,我会确认他什么都不缺。"

"谢谢你。"

我没继续和爸爸讨论园艺。我怎么能告诉这名电工,说我还不知道自己在追寻什么?又要怎么向他解释,在人生的某个特定时刻,要一下子做出这样的决定有多难?

"你光靠梦想是走不远的,洛比。"爸爸一定会这样说。

"你必须跟着梦想走。"换成妈妈,她会这么说。然后她会看向厨房的窗外,宛如她眼前是一片广大的领土,而不是屋子和温室之间、温室和篱笆之间的几米见方。花园里一片苍郁葱茏,旋卷的花草树木挡住了后面的篱笆。然而,她似乎有些期待远道而来的访客。妈妈把袋子里的李子干倒进大碗里,放在水龙头底下清洗。

"要在小船上连待好几个月,老是晕船一定很折腾人。"爸爸终于换了话题。

四

我们沉默地开着车,继续穿过这片熔岩地。昨天晚餐的绿色酱汁似乎还残留在我的肠胃里,应该是它,才害我现在感到恶心。再加上我们现在行经之处,正好离母亲翻车的地点不远……我觉得很不舒服。我知道那车子是在杂草覆盖的小冰斗转弯处失控的,至今我仍然可以想见,在那个地点,救援人员如何将我母亲的身躯从汽车残骸里拉出来。

"你妈妈不该比我先走的,她比我年轻十六岁。"在我们经过事发地点时,爸爸这么说。

"她的确不该早你一步过世。"

妈妈一时兴起,要在生日当天黎明时去采蓝莓,而且要到她最喜欢的偏僻地点去,所以她才会开着车穿过熔岩地。她打算在回家之后给她的男孩们——这是指爸爸、约瑟夫和我,她老爱这么喊我们父子三人——准备松饼,搭配现采蓝莓和鲜奶油。我现在才明白,一家子都是男性,身边没女儿有多么辛苦。

我为自己留下足够的缓冲时间,没有立刻推进记忆中翻覆在熔岩地的车边去看我母亲。我从容地检视整个状况,先在出事地点上方久久盘旋,像电影摄影师般地从高空吊车上俯瞰,最后才把镜头对准母亲——她是女主角,整个场景环绕着她打转。我决定把那个八月七日当作初秋。因此,我才能在这片景观当中看到浓淡各异的红色和不同层次的金光。我想象事发现场只有深深浅浅的红色:红褐色的帚石楠、血红的天色、附近矮树丛的紫红色叶片,以及金黄色的苔藓。妈妈身上穿的是酒红色的开襟毛衣,一直到爸爸把衣服带回家里放在浴缸里清洗时,我们才发现毛衣上凝结着血块。我尽是注意些小细节,就像在凝视整幅画作之前先注意到作品上的污点一样,我想借此让母亲的死亡暂停,而告别也可以顺理成章地往后推。最后的结局不是我母亲仍然躺在翻覆的车内,就是她被救出车外,躺在地上。我决定将场景设定在熔岩地的底部,仿佛直接削去了上方的两丛植物,让草地轻柔地贴在她的伤口边。在我心里,她不是仍然有生命迹象,就是已经死去。爸爸此时的车速放慢,慢到足以让我从容地端详那棵树——我亲手种下的矮山松,它还矗立在原地;当时我想在崎岖的熔岩地上种一棵树,让贫瘠多石的景观出现仅有的一棵树,在妈妈出事的地点留下纪念。

"你冷吗?"爸爸问道,将车内暖气调到最高,车子简直像个烤箱。

"不,我不冷。"

我只是胃痛,但是我没告诉爸爸。爸爸的操心经常令我窒息,妈妈就不同了,她也会担忧,但是她了解我。

"嗯,洛比,我们到了,看到飞机了。"

我们一抵达机场,罩在山脉上方的黑幕便掀了开来,露出浅蓝色烟雾般的第一线曙光。低悬的二月丽日照亮了挡风玻璃上的灰尘。

我的弟弟和爸爸跟我走进机场航站楼。

道再会时,爸爸递给我一个包裹。

"落地后再打开,"他说,"你睡前看到这东西,说不定会想起老爸。"

我向爸爸说再见,短暂地拥抱了他一下,这个接触很轻快,另外,我还以男人对男人的方式拍了拍他的后背,然后再以同样的方式拥抱我弟弟约瑟夫,他立刻缩到爸爸身边,拉住爸爸的手。接着,爸爸从后口袋里掏出一个厚厚的信封递给我。

"我到银行提了一些现金给你,出国最怕不时之需。"

我飞快地回头看了一眼，瞥见爸爸带着我的孪生弟弟走出航站楼，爸爸长裤后口袋露出了一截皮夹。他们都穿着刚买不久的灰色背心，我实在很难分辨这对父子究竟谁对穿着比较讲究。约瑟夫和我的外貌完全相反，他个头矮小，有一双棕色眼睛，肤色较深，看起来仿佛刚结束海滨假期。他的装束一丝不苟，若不去看他的颜色搭配，你会以为我那有智力障碍的双胞胎弟弟是个机长。我决定把他穿着印有蝴蝶图案紫衬衫的模样烙印在脑海里。天色大亮后，我应当已经离开了这片棕色的泥巴地，而泥地的盐分呢，就将只剩下凝结在我鞋上的一圈白色痕迹。

五

就在飞机离开跑道、拉高机首、越过下方闪耀粉红色光线的雪地时，我清楚地感觉到腹部的刺痛。我朝邻座靠过去，想看看窗外下方的山尖最后一眼，几座山头宛如散落在白色油脂上的青紫色肉墩。我身边那名穿着黄色马球衫的女人把身子往椅背靠，腾出窗口的空间让我往外瞧。虽然我这时该有种松了一口气的感觉，但我的腹痛让我没办法全心享受这种高于一切的自由。我虽然没有亲眼看到，却仍然可以清楚意识到黑色的熔岩地、枯萎的黄草、乳白色的河流、一片片蜿蜒的草地、沼泽、凋零的鲁冰花田，以及后方一望无际的遍地石块。还有什么比石块更不友善？玫瑰当然不可能生长在石块当中。毫无疑问，这是个极其美丽的国度，我深爱这地方许许多多的人与地，然而，我只想把这一切留在邮票上。

　　起飞后没多久,我站起来检查背包,想确认玫瑰枝条在一万米高空中的状况。枝条仍然好好地裹在潮湿的报纸中,我动手调整绿色的细枝。我用来包裹的恰好是讣闻版面,就我目前的身体状况来说,这还真合适,同时,这也彰显出巧合是多么微妙的事。在我让自己离开脚下那片土地的这一刻,脑里有"死亡"这个想法十分合理。首先,我是个二十二岁的男人,本来就会想到死亡,一天还会想个好几次。然后是身体,除了自己之外,我还会想到别人。接着是玫瑰和其他植物。我没办法厘清这几件事的先后,而且排列顺序可能每天都会有变化。我收好玫瑰枝条,坐回女人旁边的位置。

　　除了现在已经转变成抽痛的腹痛之外,飞机爬升也让我作呕,我弯下腰,抱住自己的肚子。引擎的声音让我联想到渔船,我再次想起那四个月当中毫无止境的晕船之苦。其实海貌不必凶猛,光是踏上船,我的胃便会自动翻搅,让我跟着头重脚轻。当钢铁船壳开始放大海面的波动、在码头边用力摇摆时,我就会全身冒冷汗,并且早在起锚前就已发生第一次呕吐。当我晕眩到无法入睡时,我会到甲板上,在一片雾蒙蒙的光线中凝视上下起伏的海面,一边试图保持自己的平衡。山海九趟之后,我成了世上最苍白的男人,连眼眸也如同晃荡的水波,成了水蓝色。

"天生红发的人就是有这个缺点,"经验老到的水手这么说,"他们最容易晕船。"

"而且他们很少回得了家。"另一名水手说。

六

女空乘在座位间快步走动，我弯着腰，这是飞机降落时的标准姿势，她们穿着棕色丝袜和平底鞋的双腿正好出现在我的视线范围内。她们注意到我，几次过来察看，拍去我椅背上的浮尘，为我拿来枕头和毯子，帮我调整了好几次坐姿。

"你想要个枕头吗？我帮你拿条毯子好吗？"她们焦急地询问，先在我的脑袋后塞了个枕头，再拿来毯子为我盖上，接着才到一旁去讨论我的状况。

"你不舒服吗？"那名穿着黄色马球衫、坐在窗边的邻座旅客问我。

"对，我不太舒服。"我说。

"不要怕。"她带着微笑说，帮我拉好毯子。我这时才注意到她的年纪和我母亲相当。飞机上有三个女人在照顾我这个几乎要落泪的小男孩。我坐在座位上伸了伸身子,瞥了餐盘上的铝制餐盒盖一眼。接着,在一位女空乘经过我身边时,我询问餐盒里装的是什么。

"我来问问看。"她说完后,便消失在走道尽头。

她没有立刻回来。为了让邻座的女人知道我教养良好——妈妈会乐于确认这一点——我伸手向她自我介绍。

"我叫亚仁图·杜尔。"

我甚至还从皮夹克口袋里拿出一张相片,相片的主角是个没戴帽子、穿着绿色连身衣的婴儿。她也许会觉得我不太有男子气概——拿着用讣闻版报纸包起来的玫瑰枝条旅行,而且对飞机上的餐食反胃——但是我不会给她任何机会问起任何私人问题,或是拿巧克力请我吃,而是要早她一步采取行动。

"这是我女儿。"我边说边把照片递给她看。

她似乎有些惊讶,但立即对我露出友善的笑容,从皮包里拿出眼镜,对着灯光审视照片。

"漂亮的小女孩,"她问道,"她多大了?"

"这张照片是她五个月的时候照的,她现在六个半月了。"我说。其实我想说的是六个月零十九天,但腹痛让我说不出这样的细节。

"看起来漂亮又聪明,"她反复地说,"眼睛又圆又亮。但是,对小女孩来说,她发量不算多。老实说,我本来以为她是个男孩。"

女人和善地看着我。

"我记得照相时她刚睡醒,才把帽子摘掉,也许是因为这样,她的头发才会变成这个模样。是啊,我们刚把她从婴儿车里抱出来。"说完话,我把照片收回口袋里。我没再多谈女儿的发量问题,想就此结束这个话题。此时,腹部诡异的疼痛再次占领了我的思绪,我闭上眼睛,一想起搭配炸鱼的绿色酱汁便又开始作呕。邻座的乘客焦虑地看着我。我完全没力气谈话,于是假装找东西,又开始翻找背包里的物品。最后,我拿出一本夹藏干燥花叶的书。而当我一翻开书时,却猛然觉得被命运嘲弄了,因为眼前出现的,竟是我最早压制的干叶片。那是我六岁生日早晨从家里后院摘来的六叶的三叶草。爸爸觉得在生日当天能找到三片六叶的三叶草是个好预兆,意味着我的某个梦想可能会实现,比如花园里会长出一株可以让我攀爬的树木。

"你书里夹的是叶子吗?"邻座的女人显然很有兴趣。我没有回答,而是小心地拿起一片三叶草,对着阅读灯看,这是最后一片完整无缺的干燥叶片,细致又脆弱,是永恒的花草。我觉得自己绝对是急性食物中毒,但是挂在蓝色书绳上的叶梗无疑也是我这个生命阶段的写照。

七

"你确定你自己一个人没问题吗?"我穿过通道走向出口时,女空乘说,"你的脸色好苍白。"

我一离开机舱,乘务长便拍了拍我的肩膀,说:"我们试着检查了是不是机上餐食的问题,也有两位同事试吃了,但还是不敢确定。很抱歉。但是机上供应的不是奶油芝士内馅炸鱼排,就是奶油芝士内馅炸鸡排。"

后来,一名机场官员拿张纸条写了个地址给我,我捏在汗湿的掌心里。没想到,在我踏入这个初次到访的城市,抵达走出国门的第一站时,竟落到蜷着身子坐在出租车后座的下场。我把背包放在身边,隔层里,绿色的枝条从包裹的报纸上方探出头。现在仔细回想,我不敢确定当时自己是不是单独一个人搭车,也许那名穿黄色马球衫的女人陪我一起搭出租车到我的目的地。

我还记得，当时车子在人行道边停下来等红灯时，路过的行人利用出租车窗检视自己的倒影。

司机不时透过后视镜看我，他身边的座位上有一只阿尔萨斯犬，狗儿伸着舌头，淌着黏答答的唾液。我看不清狗儿是否系着狗绳，但是它的双眼倒是盯着我不放。我闭上眼睛。而等我再次睁开眼时，车子已经停在医院前方，司机也转过头来看着我。因为我在车上吐了，他要我付双倍车钱，但是他看来并没有特别生气，反而像是在斥责我不负责任的行为。

八

我先小心翼翼地放下背包,确认玫瑰枝条的水分没有流失。接着,我躺上铺着塑料垫的检查台。我二十二岁,在这段旅程还没有开始之前,便已经来到道路的尽头。我仿佛花了好几个世纪的时间,在表格上一笔一画地填写我的名字。一位女子尽了全力扶我躺下,检查室的日光灯照亮了她棕色的头发和双眸。我的上半身完全赤裸,裤子也已经脱下。妈妈倒在陌生人怀里、躺在熔岩地上濒死时,是否也有和我现在相同的感觉?无论如何,对这个地球上的不少居民来说,我死去的那天是个快乐的日子,而在太阳落下之前,足以取代我的新生儿已经大量诞生了,世上也举办过无数场的婚宴了。

死亡并非了不起的大事,这世上,所有出类拔萃的儿子和女儿早已先我一步离开。但是,这种事自然会重重打击我衰老的父亲，我那有智力障碍的双胞胎弟弟势必得适应没有我的生活，我那还不会说话、还太小而不能在外头过夜的小女儿，则将永远没有机会认识她的父亲。的确，我有些遗憾，我希望自己有更精彩的韵事，种下更多玫瑰。

有一头闪亮棕发的女子把手轻柔地放在我的肚子上，我注意到她戴了一个绿色的蝴蝶发夹。这个在我生命的最后一刻照顾我的女子，头发上夹着一个代表永生的符号。

玫瑰枝条没有水活不下去，于是我用手肘撑起身子，指着我的背包。

"花。"我说道。

她弯腰将我的背包拿到检查台旁边。我甚至找不到正确的词汇，但我手一指，这个女人便能了解我的意思。若不是我即将离开人世，有那么一会儿，我还当真考虑我们是否可以互为伴侣。她可能比我大十岁，约莫有三十二岁左右吧，在这当下，我不觉得年龄差距有什么重要。但问题是，我肠胃的严重疼痛阻碍了我们进一步的发展。当我终于吐出飞机上吃到的最后一丁点面包屑和芝士之后，她帮我仔细地用湿报纸包裹起玫瑰枝条，她的动作很仔细，仿佛正在为手术成功的病人更换腿上的绷带。

"你一路带着这些花吗？"她问道。这会儿她靠得更近了，我看到她发夹的蝴蝶翅膀上有黄色的小点。

"对。"我像个当地人似的,流利地用她的语言回答。

她点点头,把我当成清楚知道自己在说什么的男人。

接着,我又以拉丁文说出玫瑰花名:"Rosa candida。"

一说起植物和园艺,我的表现和词汇都会有显著的增长。接着,我又说:"它很像念珠玫瑰,是没有刺的玫瑰。"

"没有刺,真的?"她说道。她为我折好牛仔裤,整齐地放在椅面上我的蓝色麻花纹毛衣上面,这件毛衣是母亲为我亲手编织的最后一件毛衣。再过不久,这个戴着蝴蝶发夹的女人也会成为看过我裸体的七个女人中的最后一个。

"另外那两株,也是——"她犹豫了一下,说,"Rosa candida 吗?"

"对,安全起见,"我说,"都是当作培育用的枝条,以防其中哪一枝枯死。"我又躺回了塑料垫上。

她见识过我饱受折磨的模样,在我呕吐时扶着我,而且还为我的玫瑰枝条加水,这让我想和她分享某些更私密的话题,于是我掏出我女儿的照片给她看。

"这是我女儿。"我说。

她仔细打量照片。

"好可爱。"她带着微笑问我,"她多大了?"她的问题简单又好回答,我的外文能力足以应付。

"快七个月了。"

"真的很可爱。"她又说了一次,"但是对七个月大的女婴来说,发量不怎么多。"

我没料到她会这么说。你把自己交付到某个人的双手上,在临终前和他们分享最有意义的事,结果他们竟然让你失望。我突然觉得她——这世上最后一个和我说话的人——有必要彻底了解发量这回事。这张照片不准,而且金发婴儿在一岁之前的头发并不明显,深色头发的婴儿天生有浓密的头发,这点完全不同。我有好多话不吐不快,但是我的腹痛和有限的外文能力让我无力为女儿辩护。

"七个月左右。"我重复刚刚的话,似乎这足以解释她的发量为何稀疏。接着我觉得自己太急躁了,刚才不该把照片拿给她看,现在更不想让她拿着把玩。

"还我。"我唐突地说,伸手想要回照片。我看着弗洛拉在照片上露出下牙床的两颗牙齿微笑,想起我在出国前没有事先打电话,便去探视我女儿和孩子的妈,当我向她们道别时,女儿刚洗过澡,一绺鬈发垂在前额。

我闭着眼睛,坐在轮椅上被推进手术室,虽然身上盖着被单,却仍然觉得冷。虽然我的痛苦和这个世界的恐怖暴行、旱灾、飓风和战争无法相提并论,但到了现在,剧烈的疼痛却宛如触手可及的实际形体。

我想透过绿衣医护人员的表情和手势来评估我的存活几

率。这些人当中，有个人对另一个人说了些话，后者戴着口罩，开心地大笑，就像在面对一场无关紧要的手术，不会有人送命。然而对我来说，没有什么事会比在临终前成为这群彩衣人的笑柄更令人消沉了，等我离开之后，这种轻率的态度仍会继续下去。渐渐地，我听出了他们谈论的主题不是我，而是某场一起去看的电影，而且今晚还会有别人去看。《罂粟花田》，没错，我听过这部片子，讲的是一个求爱遭拒的男人绑架了心仪的对象，之后还和这个女人结伙抢了银行。这部电影刚在影展上夺得特别奖。

　　突然间，有人轻抚我的头发——妈妈老是说，你那头姜红色的乱发。

　　"别担心，只是阑尾炎。"某个戴口罩的人告诉我。

　　我不该说"轻抚"，这种感觉像是有人用指头梳理我的头发。然后，我感觉到自己像只鸟，拍打翅膀准备起飞。我盘旋在空中，看着下方的事件，但是没有参与，因为我自由自在，不附属于任何物体。就在一切即将消失时，我听到爸爸在我耳边说："洛比，我的孩子啊，种玫瑰是不可能有前途的。"

九

醒来时,我没有立刻想起自己身在何处。有那么一会儿,我觉得自己似乎闻到了潮湿泥巴和植物的味道,仿佛在雨中的帐篷里醒来一样,但没多久,一切又褪回白色。塑料杯里插着三株绿枝,我认出那是我的玫瑰枝条,而在绿枝之间夹着一张手写纸条。我伸手到被单下摸索开刀后缝合的身子,确定这一切都是真的,确定我还活着。我测了测自己的脉搏,探探心跳,接着将手往下移,以顺时针方向轻抚过腹部肌肉,然后继续慢慢检查身体的其他部分。最后,我摸到了盖着纱布的部位,轻轻压了一下伤口。随后我用手肘撑起身子,尽管我仍然头晕,也扯动了伤口,但是我仍然成功地拿出放在背包里的字典。我花了一些时间翻译出字条上的留言:"我照料了你的玫瑰枝条,也留了话给轮值的同事,请他们注意。我接下来会请假,到乡下看我的父母。祝你早日康复,红发男孩。又:我拿出你背包里的玫瑰时,在里面看到一个圣诞礼物。"

她将爸爸给我的礼物放在被子上。爸爸用了一张印着驯鹿和圣诞铃铛的包装纸,上头还贴了一个蓝色蝴蝶结。

我打开礼物。这是一套睡衣,材质是天蓝色条纹的厚实法兰绒,看起来和爸爸自己的以及他买给约瑟夫的条纹睡衣很像。我拿掉塑料袋和衬板。爸爸事先已经拿下了价格标签。我拿起睡衣时,衣服的袖口掉出一张手写纸条:

> 洛比,我的孩子,过去一年有许多值得回忆和感谢的时刻。我和约瑟夫致上最温暖的问候,一起把这套朴实的睡衣送给你,希望能在你这趟海外的"惊险之旅"(引号是他自己加上的)中派上用场。
>
> 爸爸和约瑟夫

他甚至成功地让约瑟夫在字条下签上姓名的缩写。他所谓的"朴实"是什么意思?他知道我通常只穿内衣睡觉,难道不穿睡衣睡觉叫作"花哨"?

我打算光着脚下床,但是伤口很痛,而且我又开始头晕。我觉得自己很沉重,起身的动作就像对抗激流逆水前进一样,于是我又躺了下来,昏睡过去。

当我再次醒来时，又看到一名穿着白袍的女人站在我的床边，她的棕色长发束成马尾，但不是昨晚那个女人。她给我甜茶喝，搭配芝士吐司，在我喝茶时陪我说话，对我的玫瑰枝条颇有兴趣。

"是什么品种呢？"她问道。我觉得在重获新生的这一刻，应该谨慎选择一个名字来称呼我的玫瑰。

"八瓣玫瑰。"我的声音变得沙哑、含混不清。

"三枝都是同一个品种吗？"

"对，两枝是备用的，以防其中哪一枝枯掉，是要作为培植用的。"我口干舌燥，觉得自己的声音变得很陌生，而我的身体和声音似乎无法像以前一样协调。

"你的声音很快就会恢复，"她说，"麻醉药效还没有全退。"

我好想睡觉，觉得自己又要再次昏睡过去，既无法摆脱梦境，也不能保持清醒。

我又醒了过来，这次我的床边一左一右站着两个白袍人员，他们正在交谈。其中一人掀开被子，露出我盖着纱布的伤口的身侧。我竖起耳朵，辨识出几个零散的字眼，但是他们说话的速度太快，我没办法听懂人致内容。我仍然没办法保持清醒。他们讨论着我的状况，我正想回答某个问题，却又在对话当中昏睡了过去。

我最后只听到:"他没事了,让他睡吧。"

我总是在有人想和我说话的时候昏睡过去,于是我在医院里多留了两天。没有人对玫瑰枝条多说什么,每个轮值人员似乎都了解状况,让我可以安心地留下这些玫瑰。

睡着时,我老是做相同的梦,梦见自己穿着一双相当好的蓝色塑料长雨靴,在某个遥远的知名花园工作。醒来时,我依然清楚记得这双尺寸大概大了一号的雨靴。我的梦境是黑白的,除了蓝色的雨靴之外,连玫瑰都没有颜色。接着,梦境突然有了转折,我不得不跟着切换。我往下看着狭窄的巷道,妈妈站在巷尾,逆光下,我只看到她的身影。我穿着蓝色雨靴跟着她爬上一道长长的阶梯,前面是一扇门,她消失在门后。我敲了敲门,她过来应门,然后递给我一杯用茶包冲泡的热茶,里头加了糖。

月历上的日子过了三天之后,我终于清醒了。如今我又活了过来,面前有太多选择。做了梦之后,我浑身大汗地醒了过来,这是我在医院的最后一天早晨,值班护士希望我先冲个澡再出院。我跟着她走进浴室,因为伤口仍然疼痛,所以我一次只能跨出一小步。这名护士也有棕色的双眼,但棕发剪成了短发。我希望她能留下我独自一人,然而她硬是站在一边看着我,我猜,那是为了防止突发状况。我不得不说,负责照料我的这些女人的确是尽心尽力。我脱下医院罩袍,摆在浴室镜子前方的椅子上。当我走出淋浴间时，她已经擦掉了镜子上的雾气。我凝视自己在镜中的躯体，看着她为我更换在我胃部右侧伤口上的纱布。我的皮肤上看得到黑色的缝线。护士陪着我，跟在我左边和我一起走出淋浴间，我觉得自己在这一刻不过是个有道伤疤的躯体罢了。我不再是个由感觉、记忆和梦境架构出来的人，而是世上第一个有血肉之躯的男子。我死而复生，在这几天之间和三名棕眼护士说过话，身上带着装了四颗粉红色止痛药的小盒子，准备出院后回家服用。

我穿好衣服，将玫瑰枝条、压花和睡衣一起收回背包里，然后伸手进背包里想找件干净的衬衫穿，却摸到了妈妈亲手做的最后一瓶大黄果酱，这是爸爸塞进去的。护士给我几张报纸好包起玫瑰，我一眼发现这几张正好是戏剧版面。

"你接下来有没有地方可去？"医生边检查边问我。

我告诉他，会有人来照顾我。

我在这个崭新人生中的唯一挑战，是如何拉起牛仔裤的拉链。我想尽力打理好自己，不靠别人帮忙穿上裤子，但是酸痛的伤口实在很碍事，到最后，还是那名棕发女人出手帮了我的忙。

十

离开医院后,我在路边电话亭里给爸爸打了电话。我一边听拨号音,一边清了好几次喉咙,接通之后,我轻描淡写地说,我没料到自己动了切除阑尾的手术。我尽全力想保持平常的语气,但是声音嘶哑又怪异,听起来像个来为我这部人生纪录短片配音的陌生人,突然间,我差点哭了出来。

爸爸要我搭下一班飞机回家,听到我明确表示不可能之后,他想要自己飞过来照顾我,直到我康复为止。我听得出来他很担心。

"你妈妈一定会这么做,"他接着补充道,"其实我一直想带约瑟夫出国待一段时间,他喜欢坐飞机。"

我说,我借到了一处公寓暂住。

"像学生宿舍的小窝,在七楼,而且没有电梯。"

"那么，约瑟夫和我会去住客栈。"他说话的方式很像古书里的对话，仿佛这整个市区里只有一间所谓的"客栈"，似乎以为旅馆全都客满，他们很可能订不到房间，最后只好在谷仓里过夜。

我花了好一会儿工夫，才说服我那再过三年就满八十的老爸别带他残障的儿子跳上飞机，我告诉他，我不需要任何人照顾。我费力地唤回我原本的声音，要他不必担心，我会和在这里读考古学的朋友住在一起。

"你记得索甘吗？"我问道，"她和我小学同班，常到我们家玩，会拉大提琴，小时候戴眼镜还套牙箍。"

其实我们也是中学同学，只不过那时她已经不再到我家走动了。后来她回国度假，有一天我们在花店里碰上了，我去买肥料，她则拿着一朵角堇花。当我们走出花店时，她随口邀我，说可以让我暂时住在她的公寓里。

"她住的公寓很不错。"我刚刚才告诉爸爸那是个和宿舍一样的小窝，现在却又这么说，"我住在那里很快就可以康复。她会为我准备食物。"我赶快接着补充，好安抚爸爸的情绪。他一向保护他的双胞胎儿子——他仅有的两个孩子。我没说我这个研读考古学的朋友会离家一个星期，到外地去探访两个墓园，拓展自己的视野。

"你随时可以回家，"他说，"我没动你的房间，和你离开的时候没两样,我不过稍微整理了一下而已,换过床单也拖了地板。我花了一整个晚上整熨床单。"

"这些我们全讨论过了,爸爸。在拆线之前,我会在这里继续住个几天,然后再买部二手车,花几天时间开车南下到那座花园去。"

我清楚地知道自己有多么疲惫,实在没力气继续打太久电话。尽管如此,我还是向他道谢,谢谢他送我的睡衣。我必须专注又保持精力,才能结束这段对话。

"谢谢你送我的睡衣,没想到真的派上用场了。"

接着,我把我那多年前一起参加坚信礼的老友——套用老爸的说法——的家中电话留给他。索甘把她的床铺借给我,自己拿着铲子去两处墓园进行考古挖掘,这个经验显然会带给她全新的启示,拓展她对世界的认识。爸爸表示他今晚会再打电话给我,察看我的状况。

医院离我朋友的住处不远,但走路让我伤口疼痛。我边走边观察这地方的建筑和人,看到大多数的女人都是棕发,眼睛也多半是棕色。

索甘把钥匙寄放在一楼的面包店,她的公寓在七楼,其实算是阁楼,而且没有电梯。这串钥匙共有四把,面包店里的女人为我说明哪把是楼下大门钥匙,哪几把可以打开地下储藏室、信箱和索甘的公寓。楼梯踩起来嘎吱作响,对我刚缝合的伤口来说，每踏一阶都是一个挑战。公寓里虽然冷，但是既干净又整齐。床铺得很整洁，我猜，我这位失联许久的老同学外出探访墓园的时候，一定会在床罩下留着羽绒被借我盖。这里很明显看得出是女性的住处，因为她家中摆放了许多不必要的物品，蜡烛台、蕾丝桌布、香熏、靠枕、书籍和照片，我得小心走动，才不至于撞到摆饰。看来，她的收藏都是在古董市场买来的。狭小的公寓里放了张古董书桌，桌上有盏古董灯，床和烛台同样是古董，门口的走廊上还有一面古董镜子，我一走进来就看到自己的身影。

这面镜子的高度是为中等身高的女性打造的，所以我得弯下腰，才能看清楚自己。

我伸手梳理浓密的乱发，这是我的招牌动作。虽然有不少天生红发的人看起来就是一副倦容，但我的脸色的确是苍白得吓人。我的外表虽然孩子气，但我觉得自己像个看透人世、却困在一具年轻躯体内的垂老之人。我想，从现在起到我躺进坟墓的那一刻，我只需考虑怎么消耗时间就好了。还有什么事可以吓得倒我？

我把插在医院杯子里的玫瑰放在窗台上，想要调高暖气的温度，我试了好几次，但都没能成功。我很饿，但因为稍早我没想到在楼下的面包店买些食物，现在自然没力气从七楼走下去。于是我伸直手脚躺在床上，用皮夹克盖住自己的脸。一会儿之后,我脱下牛仔裤和毛衣,钻进被窝里。我嗅了嗅羽绒被,没闻出让我足以联想到任何事物的气味。我在借来的被子下翻来覆去,感觉忽冷忽热,才想到应该是伤口发炎引起的发烧,这会儿,该碰到的倒霉事我全遇上了,然而我不让自己陷入可悲的自怜情绪当中。但老实讲,我的确很想念爸爸。事实上我根本不算离开家,我的思绪又飘回了家里我那条印着小船的天蓝色旧羽绒被上。我想知道爸爸吃了些什么。这一刻,他可能扼杀了几个马铃薯的生命,拿来煮汤,直到窗户蒙上一层薄雾之后,他会在锅里丢进一些鱼。虽然我不怀念爸爸在妈妈死后所发挥的厨艺,然而到了用餐时间,我还是会想到他。再怎么说,我都不可能拒绝盐渍鳕鱼、马铃薯和黄油。小时候,为我挑开鱼刺、在马铃薯上抹黄油的永远是爸爸。我经常看着他在盘子上堆起淡黄色的小山,他不会把食物平摊在盘子上——那么一来,食物会太快冷却。反之,他会用剃刀般锐利的餐刀仔细堆砌,将处理好的鱼堆成一座小火山。我每次吃了两口便觉得很饱,就会跑去做别的事。爸爸总是耐心地让我坐回凳子上,继续舀着喂我吃鱼。但是弟弟在哪里?他为什么没和我一起坐在桌边?啊,我看到了,他坐在我的对面,不管喂什么他都会吃下去,一点也不抗拒。他话不多,不像我这么好奇,也不会躲到桌子底下去看看这个世界还藏着什么东西——也许有另一个爸爸……

十一

虽然公寓在顶楼,窗户也关了,但是城市的噪音仍然传到我的床边,喇叭声和喧嚣人语也似乎都近在耳边。天色早早转蓝,在六点钟左右就暗了下来,整座城市陷入一片黑暗当中。

我的窗外有个小庭院,再看过去是对街的公寓。公寓里点着灯,卧房里有一张床,厨房没有窗帘,另外还有一间餐厅,依我估计,那间餐厅离我的床大概只有十二英尺。我仿佛站在一幢拆了正面墙壁的玩具房前面,观赏对方的居家生活。我那位住在庭院对面的女性邻居已经第三次只穿内衣走进厨房了。我看着她在两片吐司上涂了黄油,夹了些切片火腿。她仿佛从来没有想过厨房没装窗帘这回事,而且至少有两次好像直视着我。她穿着紫罗兰色内裤,一手拿着面包,接着便短暂离开这个画面。而当她穿上连衣裙再次出现在厨房时,身边多了一个忙着从购物袋里拿出东西的男人。这个女孩和我年龄相仿，我立刻把自己假想成那个男朋友。假如我能奇迹般地在短时间内康复，我可能有机会进一步认识她。但话说回来，我不觉得机会有多大。但无论如何，我乐得享受这个和她相遇的幻想。说不定我会需要一只鸡蛋——我真的会煎蛋——所以我有可能去敲她家的门。当然了，这也表示我得走下七层楼，穿越马路，经过卖鸡蛋的店面之后，才能走到她住的楼房。而既然我没有这位邻居的大门钥匙，就得找个方法，在她没有戒心的邻居进门时跟着走进去，接着再爬上七楼去敲她公寓的门。我继续想象其他能让我接近她的方式。最简单的方法，当然就是在面包店里相遇。

"来嘛，"她会拉着我的手穿过铺石庭院，说，"到我家去。"她会用刚才轻抚她男友的方式轻抚我的头发，我不确定自己能不能找到话题和她聊天。我不禁开始深思，在我这个年龄和六个女人上过床，究竟是经验老到，还是只能算是生手？究竟是高于、等于还是低于平均数值？

我打开窗户，闻到一股让我胃口大开的香味。我决定到厨房里找找看有没有东西可吃。我翻遍了两个壁橱，这次短暂搜寻的成果是一些黑麦饼干和几份袋装的芦笋汤。我将芦笋汤加热，还拿出背包里的大黄果酱搭配饼干吃。我朋友厨房里的器具让我大为惊讶，似乎每种器具她都买了四件。我打开放陶瓷器皿的壁柜寻找装水的容器。这些杯子上都有花卉图案，杯口镀了金边，我怕打破这些贵重的瓷器，于是在柜子底部继续翻找，终于发现一个可以拿来喝水的塑料杯。

我自己的家会是什么样子呢？妈妈会说，要有两个人才能成家。我唯一不能没有的是植物，但在我的想象当中，我应该常待在花园里，而不是躲在室内。我不像爸爸天生手巧，他只要走进车库，手边一定会带着胶带、十字螺丝起子和异径管。我不是那种会自己动手修缮的男人，他们会铺地砖、拉电线、装厨房壁柜的门、搭设楼梯、疏通水管、换窗户，或是拿大锤敲破加厚的窗玻璃等等，我不懂这些男人该会做的工作。如果我用点心，至少能做好其中几项，但我从来不曾乐在其中。我有能力组装橱柜，但这不可能成为我的嗜好，我也不会把傍晚或周末的时间花在这种工作上。说不定，我未来岳父铺地砖的手艺奇佳，如此一来，这两个老亲家可以把自己的咖啡杯放在我家的架子上，一起讨论施工细节。我也想过，最糟的情况，也不过是最后只剩下我和父亲两个人，他把我当成学徒一样训练。我越是想到组成家庭这件事，就越觉得自己不适合成家。而花园则是另一回事了，我可以在花园里连续待个好几天。

我正在喝芦笋汤时，爸爸打了电话过来。他想确认我是否吃过东西，还想知道我晚餐打算吃什么，于是我只好解释医师建议在阑尾手术之后最好清淡进食，而我喝了些芦笋汤。他说，宝嘉邀请他去她家喝羊肉汤。接着他问起索甘，我说她刚出门。他又问到我的复原状况，我说我觉得好多了。然后他问到这里日落的时间是否和家乡相同。

"一样，在六点钟左右。"

"天气怎么样？"他问道。

"和今天早上一样，多云，温和，标准的春天。"

"那里的电力供应呢？"

"什么意思？电灯都会亮啊。"我说。

我对供电一无所知。在我九岁生日那天早上，爸爸想教我怎么换插头，我记得当他发现我完全不感兴趣时有多么惊讶，那就像是我亲口告诉他我不想成为男人一样。每当他问起供电，我就觉得他是在检测我的男子气概指数。

"我向来不喜欢黑，洛比。"这位前任电工说完这句话之后，才向我道晚安。

和爸爸道过晚安、问候过约瑟夫之后，我穿上爸爸和弟弟一起送给我的睡衣，钻进了女孩秀气的羽绒被下。睡衣的袖子和裤管有点短。动过手术之后，我更注意躯体了，这包括我自己以及其他人的身躯。我所谓"其他人的身躯"主要指的是女人，但我也会注意到男人。我怀疑这种对躯体的注意是否是四天前麻醉过后的副作用。我的肚子依然酸痛，但是在这床羽绒被下，我却感觉到难以形容的寂寞。我能找到的最佳排解方式，是去摸索自己的身体，确认自己还活在这世上。我从独立的四肢开始，似乎想借此说服自己四肢仍然属于我。在割除阑尾手术之后，我显然必须单独度过一段恢复期，但是我依旧能感觉到我这副男性身躯的渴望。我睡不着，开始胡思乱想，甚至想到自己早该向那位在第一天晚上帮我照顾玫瑰枝条、扶我上床、头发上戴着蝴蝶发夹的棕发护士要来她的电话号码，要不，我好歹也该向那名手术后扶我去冲澡、帮我换绷带的护士要电话。

十二

第二天早上的天空飘来一片奇特的云，形状像一顶孩子的帽子，而且轮廓很清晰。我在死神面前走了一遭又回到人世，踏上原来的道路，我轻轻压下伤口，疼痛几乎已经完全消失。这让我在新的一天，下意识地从不同的角度来衡量生命。

"睡眠和时间才是最重要的。"妈妈一定会这样说。

我并不想回家，家乡没有任何吸引我归去的因素。就一个二十二岁的男人来说，对于自己活在世上会有如此狂喜的感觉也许不寻常，但是在经历了过去几天的厄运之后，我觉得有必要庆祝一下。只要你还活着，只要你不是扳着指头数日子，每一天都不可能是平凡的。我放在窗台上的玫瑰看来活得很好，虽然稍微泛白，却几乎看不出来，而且开始冒出须根。我决定穿上衣服，到外面买些食物。

我带着刚买的面包和肉肠一走进门,电话铃就响了。是爸爸打来的。他问我情况如何,早餐吃了没有,接着他又问起索甘和天气。我告诉他,我早上看到了一朵奇形怪状的云,他说家乡仍然饱受北风肆虐,草都枯了。接着他说:"你猜怎么着,你那张放在我床头柜上的毕业照摔了下来,玻璃破了。"

"我根本没拍毕业照。"

我毕业时没戴学士帽,但是妈妈当天在花园里帮我拍下一张照片。她那天很漂亮。接着她还帮约瑟夫和我拍了合照:弟弟和往常一样拉住我的手,我比他高一个头。最后,约瑟夫为妈妈和我在火焰百合花坛边拍下一张母子相偕大笑的照片。我不知道爸爸是耳背,还是选择性地不想理会我说的某些话。

"我正在调整角度的时候,照片就摔到地上了。相框店的索斯图会帮我换个新框,比原来的大一点。他也同意我的看法,觉得可以配大一点的框,然后用白色的框边来弥补学士帽的缺席。"

我没力气和爸爸继续交谈。

"我选了一个桃花心木的相框。"

"嗯,我们最好晚一点再聊,爸。"

"你喜欢桃花心木吗,孩子?"

"喜欢,喜欢得不得了。"

直到拆线之前我都可以休假,于是我躺在床上看书,一读就是一整天。晚上，我从背包里拿出园艺书，快速翻过有关草坪的第一章——这是所有花园的重点——接着又翻过室内植物，才慢慢细读有关修枝的章节，之后才进入最有意思的嫁接，其实嫁接的信息并不好找。

事实上，我对自己即将要去报到的花园一无所知，我收到的录取信上什么也没写。虽然我宁愿把全副精力都花在玫瑰上，但只要我能有机会把我的玫瑰枝条种到土里，我同样愿意修剪树丛和草坪。奇怪的是，我应聘的修道院为什么要问起我鞋子的尺寸。

我正读到植物的基因变化，便听到了钥匙插进锁孔的声音。我的朋友站在门口，而我躺在被窝里。

"冷死了，"她省略了客套，说，"你没开暖气吗？"

"我不知道怎么开。"

"插头插上，打开开关就好了。"她说。她摘下红色的贝雷帽，解下缠在脖子上的围巾，脱掉绿色的麂皮夹克。接着，我这位儿时好友脱掉袜子和粉红色衬衫，拉开羽绒被问道："可以挤一下吗？"

十三

就我个人而言,在生命刚走出手术室的这个阶段,我实在没精力按部就班地引诱女人上床。索甘提早回家让我惊讶得措手不及。她是不是早有计划,本来就打算给我来个惊喜?我的朋友索雷古说过,女人绝不会毫无计划地行事。

我问她怎么会这么早就回家。

她惊讶地说:"你说你只会在这里住个三四天,接着就会买辆二手车到某个花园去。"然后又补上一句:"我以为你已经离开了。"

我看着她整个人几乎完全躲进被子底下,就像沉入床垫中似的。她显然打算和我睡在同一张床上,既然这房里没有别的床,你不妨说,我们在"互相熟悉"这个步骤一连跳过好几步。

"但我不是要逼你离开哦。"她躲在被子下说。

"我被迫割掉阑尾,"我说,"明天拆线。"

我把自己不幸的遭遇告诉她,她饶有兴致地聆听,但是我暗自祈祷,希望她不会开口要我让她看伤疤。

"我可以看你的伤疤吗?"她就像个急着想看小狗的孩子一样兴奋。

感谢老天,我穿着爸爸送我的睡衣——虽说这套衣服彰显出一个再过三年就满八十的老人的品味。

"这套睡衣不错。"

"谢谢。"

我将睡裤往下拉,让她刚好看得见伤口。这表示我得将裤子拉得相当低,低过我的胃部。

她大声笑了出来。真的,她的一切对我来说都是全新的经验,而且让我惊讶。

"你在学校时不是戴着牙套吗?"

"是啊,当时我十三四岁吧。"

她摘下眼镜,放在床头柜上,借由这个操作表示她不打算躺在床上看书。我仍然拿着书,指头夹在植物基因改变的页面之间。

让我最困惑的是,当索甘摘掉近视眼镜之后,我第一次看到她藏在厚镜片下的眼睛。这双眼睛仿佛从未暴露在任何人面前，她似乎首度展现自己的眼眸。摘掉眼镜之后，她真是再赤裸不过了。

"你戴的是近视眼镜吗？"我让自己的注意力集中在厚重的镜片上，想借此分散注意力，不去理会和我躺在床上的几乎一丝不挂的小学同学。我仍然希望这副眼镜可以拯救我，引领我们的对话进行到下一个应该出现的阶段。

"是啊，左右眼都六百度。"

"你没想过用激光治疗吗？"

"有啊，我想过。"

在这个冷冰冰的卧室里，我感觉到一阵暖流窜过我的胃部，让我开始冒汗。我小腹的疼痛转变成另一种感觉。

"你不是要接下某种园艺的工作？"她问道，"是不是要去哪个玫瑰花园？"

"对。"

其实我的目的地不是随便哪座花园，而是一座有好几百年历史、在介绍全球著名玫瑰花园的书籍中一定会提到的地方。托马斯神父的几封回信有些语焉不详，但他热情地欢迎我的加入。

"你之前不是出海工作吗？"

"是啊。"

"那位学校里的拉丁文天才怎么了？"

"完全消失了。"

她换了个话题。

"你不是有个孩子吗?"她问道。

"是啊,我有个七个月大的女儿。"我说。但这次我按捺住冲动,没拿照片给她看。

"你和孩子的妈不是一对吗?"

"不是,我们只是有个孩子。这根本不在计划之内。她其实是我一个朋友的朋友,你记得索雷古吗?他有一阵子很迷恋她,我就是一天到晚听他提起她,才会认识她。但是她对索雷古没感觉。"

"他是不是去念神学院了?"

"我是这么听说的。"

"这么说,你不是在躲避喽?"她说话的语气很像我爸。

"完全没这回事。"

我们一动也不动地躺了好一会儿,分据床铺的两边。她闭上嘴没再说话,我们两个人都保持缄默。

那是妈妈过世后的第一个冬天,在我的二十一岁生日,安娜和我在一起,和其他人分散开来。时间已经是凌晨,而且下着雪。我们踩着雪,嘎吱作响地走进花园,踩出那天的第一排脚印。我们躺在雪地上挥舞手脚,留下两个带翼天使的印记,接着,我带她去看几株西红柿。她修的是生理学,在这天晚上，引起她兴趣的是植物的遗传基因。时间可能是早上五点钟，但是我记不得我们在什么时候走进了温室。温室里随时都开灯照射植物，玫瑰传来袭人的甜香。我们蹒跚地走进温室，一股湿热的空气立刻扑面而来，让我们觉得仿佛一脚踏进了地球的另一边，步入一处一百平方英尺大小的浓密丛林。园艺用具就放在入口的右侧，我还放了张旧的沙发床在这里，我准备考试时会在这些植物旁边读书，后来，这张沙发床一直放在这个位置。妈妈在温室里放了一台旧唱片机，她的唱片收藏可说是奇怪的组合，来自全球各地。她的洒水壶和粉红色的园艺工作手套也在里头，似乎她只是暂时离开。当然，我那时候想的不是妈妈。我们脱掉外套，我大胆地挑了张唱片，这张唱片的封面有某种爬藤类植物，像极了印度宫殿花园里用来装饰的爬藤。我们随着音乐，依偎着彼此起舞。我以前只和约瑟夫一起跳过舞。安娜和我本来谈的可能是植物学，但不知怎么的，我们来到绿西红柿的旁边，动手脱下身上的衣服。至于其他的一切，我只剩下模糊的记忆。但是有那么一下子，我觉得自己似乎在夜色中看到光亮，而且近得出奇，宛如一道穿过片片雪花的光束。那一瞬间，炫目的光芒满满地照入温室，将花瓣的纹路投射在安娜的身子上。我轻抚她小腹上的玫瑰花瓣，就在那一刻，我们同时都感觉到一阵旋风，仿佛有人突然打开了风扇。直到许久之后，我记起这阵旋风的细节，才开始思考当时黑暗中的光线，因为这实在不像是自然现象。而且在光束出现之后，我们马上听到温室外头的雪堆上传来男人的声音。我怀疑是邻居拿着手电筒出来找狗。天色亮起时，我们在雪地上留下的两个天使印记手牵着手，像极了一串纸剪的玩偶。如果妈妈还活着，她会在吃早餐时，坐在桌边用了然的神秘表情看着我。而且因为我没有胃口吃早餐，她一定会说我太瘦。

"还是说，你还在长？"她会抬起头，带着微笑凝视她瘦长的儿子，然后这么问。她老是担心她生命中的三个男人变瘦，尤其是我，怕我吃得不够多。但此后有两个月的时间，这个怀了我孩子的女孩没有捎来任何音讯。直到新年左右，她才打了通电话给我，问我是否能在咖啡馆里和她碰面。

十四

我实在不敢说,在这个节骨眼上,自己的体能状况足以让我和任何人上床。老实说,我宁愿读园艺书,胜过爬到某个女孩身上。但是我能拒绝,直接说声对不起吗?那不是让她很难堪,而且还得面对接下来的一切尴尬?

"你是不是带了植物过来?"她指着窗台上插在塑料杯里的玫瑰枝条问道。

"是啊,这些是我从家里温室剪下来的玫瑰枝条。"我说,"我要带到花园去。"

"这玫瑰是不是有个特别的名字?"

"对,叫八瓣玫瑰。"

"你怎么会对植物有兴趣?"她问道。

"你可以说,我是在温室里长大的孩子,我喜欢待在花坛上。"

我猜想,她对园艺的兴趣应该有限,而且我还想到,既然我没办法继续聊下去,我可能会被迫将对话提升到下一个阶段——无声的阶段。我有两个选择:做,或是不做。问题是我有多少时间可以做决定?五分钟?十分钟?还是说,时限早已结束?我摘下手表,越过她,把表放在床头柜上。这位多年前和我一起参加坚信礼的朋友很清醒,睁大眼睛看着我,我猜不透她心里转的是什么念头。不过,反正这也没什么差别,我的脑袋还是很模糊茫然。

十五

人不会永远记得自己做过的每件事,这是事实。所以,当你醒来看到有个一头栗棕色鬈发的人和你同床时,你不得不先检查被子下躺的是何许人也。这并不是说,我希望你以为我经常陷入这种不记得枕边是何人的情况。然而就我这位童年好友的案例来说,我还记得昨天晚上发生的事,而且印象很清楚。她还在睡,但是我成功地没吵醒她,跨过她的身子溜下床。当我站起身时,感觉到一阵晕眩,但我还是迅速地穿上长裤,接着下楼去面包店帮她买早餐,同时也买了一盆粉红色带斑点的花送她,因为我觉得必须向她道谢。之后,我真的该走了。当我回到公寓时,她已经醒了,知道我进来,她从厨房里探出头来看。她穿着半长印花上衣,配蓝色牛仔裤,还加上外套,仿佛正要出门。看她不过是把杯子放回原位,我才放下一颗心。

我承认，当我以为她打算不告而别的时候的确有点吃惊。我把面包袋和花交给她。我买的是大丽花。

"我买了些吃的，还有咖啡。"我说。

"谢谢你。"说完后，她闻了闻花。

大丽花几乎没有味道，也许我该选盆香味明显一点的花才对。

"如果你要外出去挖坟墓，没办法按时浇水，大丽花这种植物也可以撑上好几天。"我说道。

"你的伤口怎么样了？"她问道。

"好多了，几乎已经恢复正常了。"我说的是实话，只不过在拉裤子拉链时，我还是得小心一点。

我的同学说她急着出门，没时间吃早餐，但她仍然瞥了一眼装面包的袋子，挑了个糖衣甜甜圈。

她表示要去上课，但是仍然捧着那盆大丽花："所以我先祝福你，在这段带着八瓣玫瑰到梦想花园的旅途中能够一路顺风。"

"谢谢你接待我。"我说。我接下她手上的花，放在厨房的餐桌上。接着，我伸出手拥抱了她，还在她背上拍了一两下。最后，我又为她重新调整她的围巾，用围巾包紧她的脖子。

"再次感谢你。"我重复了一次。

"我不耽搁你了。"她迅速收拾，把书本丢进袋子里，到浴室去拿了些用品。随后她匆匆地亲吻我一下，慢慢地沿着墙壁走向门口。但她在镜子前稍做停留，检查仪容，调整浓密鬈发上的发夹。看得出来她虽然急着要离开，但仍然有些话还没说。她在门口徘徊不去，拿着准备在走向考古博物馆路上吃的糖衣甜甜圈。

"你是不是对女人没兴趣？"

这个问题让我太讶异了。我该怎么说呢？我该说"我对女人有兴趣，但并非对世上的每个女人都有兴趣"吗？听到这种回答，我的朋友会不会生气？或是我该开门见山？说直到今天早晨之前，我还没有足够的经验来判断该如何回答？难道我该用自己的身体状况来解释，再让她看一次我鼠蹊旁的黑色缝线？这么一来，我就可以说："我有兴趣，但我现在有伤口。"

"我不是要冒犯你。"我这个好姊妹一只脚已经跨出门外。这位主修考古学的学生穿的是高跟长皮靴。

我看看床边的闹钟，我总共花了四分钟收拾行李，整理床铺。

十六

我没花多久时间就找到了理想的车子，这辆车龄九年的柠檬黄欧宝 Astra 37 简直像是停在路边等着我。车子配备了收音机，整体状况看起来还不错，里外都很干净。车内用吸尘器清理过，烟灰缸也清空了。的确，车子的里程数不少，跑了九万六千英里，但是价格低廉，套句我爸爸的话，和免费赠送差不多。我在柜台边数钞票，付钱买下车子。业务员张大嘴看着我，接着才在收据上盖章，潦草地签下自己姓名的缩写。我到医院拆了伤口的缝线之后立刻动身。我先在市郊的花市买了土，种下我的玫瑰，同时克制不了冲动，又买下另外两盆稍大一些的玫瑰。我用指头将土壤轻压在玫瑰的白色细根旁边，然后放到后备厢。我面朝着太阳前进，一切再简单不过了。我可能还在寻找自我，但至少我知道该往哪里走。

出发之后,我在第一个加油站买了几瓶浇花用的水、一张认路用的地图、一个午餐吃的三明治,再加上一本记录里程数和支出的笔记本。收款机后的女人计算了总价,我正打算付钱时,看到收款机下方有一排避孕套,于是又弯腰拿了一盒放在地图上。下一次,当天意和机会来敲响我的门,如同敲响别人的门一样时,我不会再任由事情毫无预兆地发生。盒子里有十个避孕套,我可以用上好几天,说不定好几年。

走出加油站商店之后,我到电话亭里打电话给爸爸,告诉他我已经拆线,并且出发上路了。

"你该不会要开车上高速公路吧,洛比。"

"不会,我会走乡间道路,我告诉过你的。"

"外国人的车速一向不会低于七十五英里,"他说,"我们自己也没有好到哪里去。你只要摊开报纸看就知道了。上个周末,警方才在避暑小屋区附近的铺石路上逮到某个年纪和你差不多的男孩,他的时速狂飙到八十五英里。警察在路边咖啡馆拦住他时,他才刚点了薯条,连驾照都没有。"

"别担心,我买的这辆车,时速不可能超过四十五英里。"虽然严格说来,我在爸爸的管辖范围外,但我仍然这么讲。

"男人出国会碰到很多诱惑,洛比,很多男孩就是这样受到引诱的。"接着他说,晚上约瑟夫会回家吃饭,他打算邀宝嘉一起,因为她前几天请他喝羊肉汤。

问题是,他看不懂妈妈的食谱。

"她写得很零碎,我不见得每个字都辨认得出来,而且她也没有记下分量或比例。再说,食谱上也没有标明页数。"

"你想做什么菜?"

"比目鱼汤。"

"我记得比目鱼汤好像不容易。"

"比目鱼已经准备好了,问题是我该在什么时候把李子加进去,是不是该一大早就把鱼和李子浸在水里,像你妈妈从前做李子布丁一样?"

"我想,她准备比目鱼汤的时候,应该不是从早上就开始泡比目鱼和李子的。"

我记得是这样。

"好吧,爸爸,我路上再打电话给你。"我又说。

"你别紧张,放轻松,洛比。"

我打开地图,摊放在柠檬黄的车顶上,开始研究行进路线。这一带我不熟,于是我仔细看着地名、道路编号和距离,想研究是否能走穿越三个国境的朝圣古道。但我很清楚自己,到最后一定会去到意料之外的地方,而耽搁了整个行程。可是话说回来,如果真的这样也不无好处,我就有机会去熟悉本地的植物,并且和本地人聊天;甚至到后来,假如我必须时常问路,也等于在给自己练习当地语言的机会,我可能遇到一些人，可能去很特别的餐厅吃饭。我随手在地图上一指，就此决定我当晚要在一厘米范围内的哪个地方落脚。然而地图上区区一二厘米，代表的却是现实世界的一百二十五英里。即便是两次大战战区的幅员也没这么广，顶多是零零星星的几毫米见方。然后我的食指划过地图上的路径，来到原本在地图之外、落在车顶另一端的目的地。地图上并没有特别标注出这个地方，但是我相信朝圣古道的终点一定在附近。我给自己五天时间来寻找我的玫瑰花园。

十七

我双手握着方向盘，朝圣古道在我眼前展开，一弯过了又是一弯，我开着车穿过森林，道路两侧是成排的树木。午前我面对着太阳，而太阳随着时间移动，渐渐来到两个后视镜的中央。

我一个人开车不是问题，但如果我身边有个副驾驶负责看地图、阻止我在错误的路口转弯会更好。于是，我只能偶尔打亮转向灯，把车子停到墨绿森林的路边，熄掉引擎研究地图，顺便为我的玫瑰浇水。当然了，你得随时留意这条路上的野鹿、野猪和其他小动物。我不停地回想，想记起我可能会碰到什么动物。我几乎可以听到爸爸的声音在我耳边说："树林是神秘的地方，里头住着熊、狼，还有邪恶的人。说不定就在这时候，离你几步远的森林深处有人正在犯案，明天就会刊登在本地的报纸上。招手要搭便车的年轻女孩很可能是犯罪集团派出来的诱饵。你只要停车，他们就会从树丛里钻出来。"

爸爸这些担忧可能令人难以忍受——我和他不同，我相信人。我突然转头看身边：没有人，妈妈不在这里。

我感觉到妈妈已经开始慢慢消失，这令我担心，怕再过不了多久，我会想不起她的样子。因此，我在脑海里重新播放她出了意外之后从车里打电话回家时与我的最后一次对话，而且没放过每个我想得到的细节。妈妈本来想打电话给爸爸，但是我接了电话。他在车祸发生前没多久才帮她办了手机，但我没想到她真的会用，而且还带在身上。为了让她在我心里活下去，我必须不断地找出妈妈从前不为我所知的一切。

那天早上，爸爸和她道别的方式和以往没有不同，但是他对我接听电话这件事却无法释怀，更让他无法原谅自己的，是他当时不在家。他想听妈妈的遗言，因为他不想在妈妈没对他说出最后一句话的情况下，让妈妈离开。

"她需要我，而我却在店里买延长线。"他说。

更让他沮丧的是妈妈先他一步离开，他老是说，她比他年轻十六岁，才五十九岁便过世。在他想象之中，事情不该如此发展。

她说，她出了点小事故，"交通队"已经到场协助她，这些人很壮，要我不必担心，他们会好好照顾她，而且这些男孩优先处理她的状况,动作也很快。

"妈,你车子爆胎了吗?"

"应该是吧,"她的声音冷静又自持,"我想车子应该是爆胎了。车身有点摇晃。"

她的声音中可能有稍许颤抖,但她说了两次,叫我别担心她,只是个小小的事故——她在电话里真的是用这种说法——还说,完全是她自己不小心。她说,等"交通队"把车子推回路面之后,她会再打电话给我,听来仿佛她是个越野赛车的选手,而他们是四名助理。

"你是不是冲出了路面?"

"如果我不能准时回家,你最好先替自己和你爸爸准备晚餐,把昨天的鱼肉丸子加热就可以了,我可能还要再耽搁一会儿。"

接着她顿了一下,才开始形容她身处之地如天堂般的秋日色彩。她口中的阳光最让我不解。国境之内明明全在下雨,而且,根据警方的报告,就是因为路面湿滑才导致了意外。到处一片湿,柏油路、空地和熔岩地全都湿漉漉的,然而她却将景致形容成美丽的深浅色彩,说阳光为黑色熔岩地中间的青苔镀上金光。她描述美丽的光线,没错,她说的的确是光线。

"你的车子冲进了熔岩地吗?妈,你有没有受伤?"

"我可能得换一副新的镜框。"

我知道这通电话到这里就快结束了，但为了延长记忆中的时间，为了将母亲在我心里的告别往后延迟，好让她继续陪伴我，我润饰了这个倒叙的剧本，加入我当初没有说出口的话。

"可是，妈，我正好想到，也许我们该考虑把你种在温室里的八瓣玫瑰移到花园里，就种在花坛上，看它们能不能熬过冬天。"

或者我可以问些让她不得不花点时间解释的问题："妈，你的咖喱酱是怎么做的？热巧克力汤和比目鱼汤呢？"

接着，我虽然不确定，但我觉得自己好像听到她说，尽管爸爸古板又古怪到自成一格，但我还是应该要多多包容，而且还要爱护我的弟弟约瑟夫。

"要对爸爸好。还有，别忘了你弟弟约瑟夫，你们小时候一起躺在手推车里的时候，你还握着他的手。"她是不是这么说的？

随后我听到她的呼吸开始抽喘，像肺炎病人一样。妈妈不再说话了。

我们的对话结束，但是我听到背景里有男人低声说话的声音。

"电话还通吗？"有人问道。

"她走了，结束了。"我听到另一个声音说。

接着，有人拿起电话。

"请问有人在线吗?"有人问道。

但我没说话。

"他挂断了。"另一端的声音说。

"拖吊车到了。"我又听到另一个声音。

"当时她还有呼吸,但是我们用破坏剪没办法接近她身边,没办法将她救出来。"救护车上的一名人员这么说,他完全清楚我一定有问题想问,"但是我们看到她还能讲电话,真不可思议,想想看,这位女士伤得这么重,她一定得不停地吞咽血水。这场车祸其实没有生还的希望,就算我们及时剪开车身将她救出来,她也不可能存活。"

警方将她的衣物和眼镜装在一只袋子里交还给我们,另外还有她用来摘莓果的耙子和她放在车里的东西。她的眼镜沾到了血,两块镜片都破了,一支镜脚往后扭折成九十度角。

爸爸和我负责安排棺木上的花束。我想用野花,比方说旋果蚊子草、山萝卜叶、林地老鹳草、毛茛花和斗篷草,但是爸爸想要从花店买隆重的花束,像是进口玫瑰。但最后他还是妥协了,让我这个做儿子的来安排花束。

十八

我还在森林里,这一片放眼望去只见苍翠的林子仿佛正永无止境地往外蔓延。套句爸爸的说法,这可以让我有僻静的空间来整理自己的思绪,但我不敢奢望自己在一千零二十七英里的路程结束后能得到任何确切的结论。除了靠右侧开车之外,我目前想的大多是昨晚的事。在这段路开头的一百英里当中,我既困扰又惊讶,全神贯注地思考我童年友人的彻底转变,她像个全新的人,摘掉了眼镜,有着一副女人的躯体。其实,我也会拿她问我的问题来自问:我是否对女人没有兴趣?和女人相处大半个夜晚不难,但是我不确定自己能够保护她,让她不至于担惊受怕。和我相比,女人通常有更多话要说,她们会天南地北地聊,若是她们由祖父带大,甚至会把祖孙的相处之道和盘托出,告诉你她们的祖父在罹患膀胱癌之前就教会了她们下棋，带她们去听音乐会。如果她们的家庭在近几年内没有坏事发生——除了祖父也许垂危，或是有时候祖母没隔多久后脚也跟了上去之外——她们会把家族从前的悲剧（有可能发生在上个世纪）全部告诉你。女人的记忆力特别好，对于家族在这两百年间遭遇的奇特事件更是敏锐。随后，她们会试图让你和她们的族谱产生关联。我发现，要我像她们这样对旁人推心置腹非常困难，但尽管如此，我仍然非常愿意和女人上床。

我觉得车子似乎发出了某种不该有的噪音。如果车子在这时候出了什么状况，我可没有足够的男子气概来修车。我不是那种男人。我会换轮胎，但是对火星塞或风扇皮带一窍不通，对引擎更是一点兴趣也没有。的确，没有人等我共进晚餐，但我总得为自己找个落脚处，而且要在天色完全昏暗、无法认路之前尽快找到。虽然漆黑的森林会让人毛骨悚然，但是我安慰自己，要自己不必担心，因为我知道漆黑中的某处一定有人烟，虽然看不见，但是会有村落，铺石广场旁边还会有教堂和邮局。我的肚子已经饿了，教堂旁边或许会有间以白色蕾丝窗帘装饰窗户的餐厅，说不定我还会找到民宿。因为数千年来，这条路上一直有人来来去去。当然了，走这条朝圣古道，和直驶铺在贫瘠熔岩地的崭新柏油道路，是两种完全不同的经验。我仔细看着远方的地平线，想找出教堂的踪影。反观天上倒是有不少动静，闪烁的半月和群星宛如群群银蝶。过了好久，我一直没找到教堂——但突然间，教堂竟然就出现在我的后视镜里——原来是我错过了转弯的路口——于是我将车子掉头，开上穿越森林的小路。这一路上我没看到任何人，不可否认，我也绝对不想在这里抛锚。我继续往前开，开了一小段路之后，终于看到一间餐厅的指标，小箭头指向森林的更深处。箭头旁标示了距离：一英里。我依循标识，开上几乎看不清的小路，深入幽暗的树林。这条小路通往另一条小路，所有的标识都是手写的，像极了孩子用来寻宝的标记。我对当地语言虽然仅止于基本认知，但还是能看出那些字句的拼写有误。一会儿后，我看到教堂的尖塔，接着又辨认出小路，但是教堂忽远忽近，直到最后，它才终于出现在我的后视镜里，看起来就如同一座乐高积木堆出的成品。此时，我就在森林里，四周真的只见树木，我完全不知道自己身在何处。我真怀疑，在这种密林——是那种为了到邮局寄信还得穿过重重树木的密林——长大的人，能想象得到有些人为了看一棵树长大，必须等待一整个童年吗？

十九

就在我以为自己完全迷失方向的时候,小路尽头出现了一家小旅馆。而正如我先前所料,旅馆的窗口的确挂着白色蕾丝窗帘。建筑物前方的车道上停着一辆车。我穿过屋子的正面,来到厨房。这地方的墙壁上挂着一排森林动物的皮草,有野兔、家兔和野猪。旅馆主人走出门来接待我,带我走进只有几张桌子的小餐室。餐室的墙上挂着更多的皮草和制成标本的公鹿头,另外还有收藏的枪支。我显然是唯一的客人。餐厅里有一股舒适干净的气味,当然还有食物的香气,餐桌上铺了白色桌布和麻质餐巾,每个盘子的前面排了三个玻璃杯和三套不同尺寸的刀叉。

旅馆主人站在我身后为我解释我手上的菜单,我没因此茅塞顿开,也跟不上他说明的速度。

"等一下。"他说。为了不至于让我立刻转身走人,他从厨房里找来一个穿着纯白围裙的女人。我猜,她一定和他同住了好几十年,因为他完全不必开口向她说明问题出在哪里。女人指着菜单上的选项问我:"你想要这个,还是这个?"

我只能点头。女人突然笑了出来。

"你想要什么?"她问道。

她提出最恐怖的问题,这让我惊慌失措。我不知道自己想要什么,我还有太多事物想尝试、想了解。

"问题就在这里,"我对这个女人说,"我不知道自己想要什么。我猜,虽然你们的餐厅在森林里,但对于'选择'这回事也不能降低标准,包括知道自己想吃什么。"

女人深感同意地点头。

"就点你们推荐的菜好了。"我希望能用这个回答解决问题。女人看起来很满意,这不是我第一次请女人来帮我做决定了。

"相信我吧,"她说话的方式既神秘,又让人信赖,"你不会失望的。"

我独自坐在餐厅里的驯鹿头下方,一会儿之后,女人端了一盘晚餐和一瓶酒走进来。原来,这只是套餐的第一道菜。她帮我倒了一杯酒。

"我自作主张,也帮你选了酒,"她说,"请享用。"接着她略往后退了一步，观察我的反应。

"还合你的口味吗？"她问道。

"好极了。"我尝了一口佐着蘑菇酱汁的微温肉酱。

"我也这么觉得。"她拿来一张豪猪的照片，让我看这肉酱是什么肉做的。继豪猪肉酱之后，她又连上了三道全是肉酱的开胃菜：野猪肉酱、鸭肉酱和鹅肉酱。随后上的是森林餐厅的三道招牌菜品：黄鹿胸肉、麋鹿里脊和野鹿肩肉，同样是三道肉连着上。根据女主人拿给我看的一系列照片来判断，她上的每道菜（真的是所有的菜）都来自森林。这些让我在白天路程当中担惊受怕的动物如今全被煮来下肚。我没吃到太多青菜，反而吃了不少面包和丰富的佐料酱汁。女主人坚持我每吃一道菜就得配一杯酒。这对夫妇很善于闲聊，问了我不少问题，我尽最大能力，以他们的语言来回答。每当新菜上桌时，我都以为那会是晚餐的尾声。男主人问我要上哪里去，我把我的目的地告诉他。在我用餐时，有个年龄与我相仿的女孩几次晃进餐厅来。她来来去去的，似乎没看到我。我注意到她穿着一件圆点图样的裙子。我觉得这一家子全在观察我，他们似乎在背后隐藏着什么目的。

然而我无法否认这顿晚餐实在可口，而且价格低得离谱。我喝了太多酒，没办法继续前进，于是我向女主人询问住宿的可能性。客房应该是在这对夫妇家的顶楼，我到车里拿来背包和玫瑰。这家人在楼梯上看着我，男主人问我是不是园丁，我回应道：这么说也可以。女主人表示我可以明天再支付晚餐的费用，我喝下主人招待的蔓越莓酒，为植物浇了当天最后一次水，刷过牙，脱掉衣服，便躲进纯白的被单下。

二十

第二天早晨当我下楼时，我的肚子还很饱，然而公鹿头下方的桌子上已经摆着一份为我准备好的早餐，有一篮自家烘焙的面包和三种不同的甜酥皮饼，还有几种口味各异的自制果酱。女主人为我解释，这些果酱都是用森林里的莓果制成的。除了两颗白煮蛋、几片肉以外，我还辨认出有昨晚吃剩的豪猪肉酱。我一入座，女主人便端着果汁、咖啡和热牛奶走过来，问我喝完咖啡之后是否要再来杯热巧克力。这家人的女孩坐在餐室另一侧，在展示来复枪收藏的桌边，她用大碗喝着热巧克力。女孩头系红色发带，但是我看不到她是否仍然穿着昨天那条小圆点裙子。餐室里没别的客人来用早餐。我先把行李放进车里，然后才走回旅馆，为昨晚那顿盛宴结账，但是我没看到住宿费用。如果我没其他重要的事，光靠我当水手那几个月所赚来的钱,就可以在这地方舒适地过日子,在森林里流连。结完账之后,我发动欧宝汽车,准备在路尽头掉头,这时我看到旅馆主人走下楼梯,向我挥手。我摇下车窗。

"是这样的,"他说,"我这里有人想搭便车。"

我没料到他会提出这个要求,而我对当地语言的掌控有限,没办法立即想出正确的单词来组成句子,以便礼貌地拒绝、道歉,然后解释我为什么不能答应。若掏出字典来看,又会显得太没面子。

"嗯,想搭便车的是我女儿。她主修戏剧,学校就在离这里不远的镇上,她只是回来度周末。我没办法开车送她回去,因为我下午有客人会过来。"

"离这里多远?"

"二百一十三英里。"这名经常接送女儿的父亲回答。

经过昨晚充足的时间观察我如何吃下旅馆的招牌菜色之后,他终于认定我值得信赖,可以送他女儿回戏剧学校去。如果妈妈还在,她会说我一头姜红色的头发和孩子气的脸孔可能让我看起来既无辜又纯洁。但是你不能光靠外貌来判断一个人,我没有将自己对于身体的着迷摊开在众人面前。二百一十三英里不算短,我得和一名陌生的戏剧系学生共度这段旅途。然而这家人的计划缜密,行动早有规划,让我没有推托的余地。当我吃惊得说不出话来,正努力想以正确的语法说出自己的想法时，女孩已经从旅馆里跑了出来，一头飘逸秀发上的发带已经从红色换成了黑色。她穿了一件紫色的短外套，腰上系着宽皮带，手上拎着行李，准备出发回学校。她边往我车子走，边用橡皮筋将头发绾成一个髻。接着她亲吻她父亲的双颊，两人交谈了几句。我不知道他们说了些什么，但是做父亲的走回屋里去，而她要我等一下，向我打个手势，表示还有东西要放进车里。男主人捧着一只看似沉重的箱子，很快就回到了车边，他向我点个头，要我打开后备厢让他放下东西。

"那是要送你的。"女孩解释道。男主人想让我看看箱子里装的是什么，于是他先拿着箱子走上前来，稍微斜着箱口，我看到里面有十二瓶红酒。

"我们自己酿的。"女孩说。

红酒的标签上印着教堂的图案，下方标示了酿酒厂主的姓氏。这应该是昨晚我喝了一两瓶的红酒。

"谢谢你的便车，这是我们的一点心意。"男主人说。

帮个忙让我换得十二瓶酒。他想自己把酒放进后备厢，但在我清楚表示后备厢里放了玫瑰、已经没有位置之后，他开始打量车内，决定把那箱酒放在后座的地上。接着他又走到驾驶座旁边，用两只指头轻敲玻璃。我再次摇下车窗，他将手伸进车里，把什么东西塞进我的手中。是现金。

"餐饮和住宿算我们招待，剩下的当作油费，"他快活地说,"那么,祝你们一路平安。"

女孩坐进车里,向她的父亲送上更多的飞吻,向站在阶梯上的母亲道了再会。我把车子开上小路,在他们彼此挥手道别时,男主人的身影在我的后视镜里越缩越小。女儿背对着挡风玻璃跪在副驾驶座上,臀部靠着我的肩膀,直到她父亲的身影消失之后才坐正。我立刻后悔了,我不该在最软弱的时候同意让女孩搭便车。

"系上安全带。"我指着安全带对她说,以正确的手势来强化简单的句子。她抗拒地看着我,但随即露出微笑,收好双腿,扣上安全带的扣环。现在我终于有机会仔细打量这个女孩了,她看起来真的很像正在蹿红的电影明星。

"就听你的。"

就听你的。这句话让我沉思,我怀疑这话的背后是否隐藏着什么意义。我纳闷地想,不知道这句"就听你的"可否应用在其他可能发生的情况当中。如果我真的拿来应用,那么她会不会随我的意?然而,当我把车子开回朝圣古道之后,我还是腾出原本抓着方向盘的右手和她握手,并且正式自我介绍。

"我叫亚仁图·杜尔。"

她对我微微一笑。

她以优雅的女星姿态坚定地和我握了握手。我还没能得出结论,但是在我回握她的手时,我想的仍然是:在接下来的这段二百一十三英里的路程中,我究竟会不会和她上床。

我将车子开上高速公路,她弯腰从学生用的行李袋中拿出一个有点像小学生午餐盒的红盒子。她打开盒子,拿出一个三明治,先用白色餐巾包住之后才递给我。接着她为自己拿起另一个三明治,同样用餐巾包好之后,才往后靠向椅背。我看着手上的三明治,里头夹的是肉片,但是,不到半小时之前,我刚吃下三道菜的早餐,时间离我这辈子享用过最丰盛的晚餐也还不到半天。

接着,我这位身材细瘦的同车乘客又从行李袋里拿出一叠纸,在前座盘起双腿,开始背剧本。在最初的十五英里路上,她一声都没吭,埋头默记自己的台词。

二十一

我不会因为有人坐在我身边的副驾驶座而觉得不自在，只要她安安静静读剧本，保持我尚可忍受的坐姿就好。但无论如何，在接下来的六个小时之间，我势必得坐在这位女演员身边。我瞥了她一眼，她浓密的长睫毛上方画了一道很细的黑眼线。说真的，她让我想起一个以前在电影里看过的明星。

一会儿后，这位女演员卷起剧本碰了我一下，问我从哪里来，一副准备开始聊天的样子。

我告诉她我的家乡位于哪里。

"你是说真的吗？"她惊呼，随即调整自己的坐姿，把右脚放到地上，将左脚拉向自己，胳膊穿过安全带，让安全带系在她的腋下位置。如此一来，她终于让自己尽可能地面对着我，方便继续说话。

"那里是什么样子?"

"没什么值得一提的,不像你们这里,有这么多植物。"

我不晓得自己还能补充什么信息。她只会说她自己国家的语言,没错,我在学校里学过她的语言,但是我从来没有机会用长句子表达,更别说和当地人交谈了。

"形容一下吧。"

"苔藓。"

"有意思。"

我一说出"苔藓"这个字眼,就知道自己要陷入僵局。苔藓不是个行得通的话题,我就算尽了全力,也只能说出苔藓的几种不同形态,而这实在不能算是对话。

"什么是苔藓?"

假如我有足够的词汇,我会向这个未来的电影明星解释苔藓和地衣很像,要穿过苔藓附着的地面很花时间。走十步不难,但穿过一整片附着苔藓的熔岩地,那种感觉就和你成天踩在弹簧床上一样,在苔藓地上连走四小时,你的肌腱一定会又酸又痛,比爬山还累。但如果你扯掉苔藓,你会在地上留下一道伤疤,风一吹,砂石便会吹进你的眼睛。我真希望自己有能力告诉她一些她从没听说过的奇闻轶事,可是我有限的语言能力限制了我的叙述。如果我描述苔藓的深浅色彩,以及它在雨后散发出来的气味,那么这段对话便会显得浓情蜜意,而让我像个准备向她求婚的男人。因此，我不带任何情绪，仅用我能掌握的单词和语法说明："像弹簧床一样的植物。"

"奇怪，"她说，但仍然不放弃，"多说一点。"

"就像草丛。"真令人惊讶，我竟然轻轻松松就找到正确的词汇，没想到我有能力用外文表达自己的意思，但至少当我说起植物时，我觉得很自在。

"什么草丛？"

要解释草丛的形成过程、不停重复的地表温度变化、冰冻期和融雪期的交替可不容易。我在说出每个字之前都必须先思考，单词是不会自动浮现的。

"在草丛上不太容易搭帐篷，"接着我转移了话题，"还有沼泽。"

说起沼泽，我想起妈妈不止一次向我提过，祖父骑着他最喜欢的一匹马穿越沼泽，结果马陷入沼泽中，几年后，整匹马只剩下骨头浮出来见天日。我看过祖父骑着那匹马的照片，虽然我不是专家，但我觉得那匹马和他的其他几匹马没什么不同，腿都很短，而且我还不得不想到，这匹马是以祖父的名字"亚仁图·杜尔"来命名，可是他个子很高。

在沼泽之后，我又说出几种植物的名称，但没有多加解释，而我们的女演员似乎也能接受。植物的拉丁学名帮我度过了这段对话中最艰难的阶段，她点了点头，于是我继续为她介绍我家乡几种主要的植物。这下子可好了,我抢到主场优势,完全掌握状况,而且我发现自己已经为接下来的三四十英里路程选定了对话材料:复习植物的拉丁文学名。我先说起黄草丛、蓝莓和无茎蝇子草,接着是老鹳草、旋果蚊子草、仙女木、小酸模、刺蔷薇、伯内特蔷薇和斗篷草。

"等一下,斗篷什么?什么斗篷?"

我不必详细讲解植物学,而是想到什么植物,便喃喃地念出名称,这绝对足以让我的旅伴在我报上植物名称时有东西可想。

"圆当归,"我说,"会长到和人一样高。"

"真的吗?"她说道。

"还有草。"

"草?"

"对,夏天时,草是绿色的,油亮亮、不可思议的绿色。"我想象自己在湿地闲逛,穿过翠绿的草地之后,终于找到一丛斗篷草。这时我看了时钟一眼,发现我花了约莫十五分钟的时间介绍植物。我有限的语法知识也即将枯竭,这么一来,我就没办法继续表达。于是我以宽叶柳兰来终结这篇概述。

"粉红色的宽叶柳兰长在黑色沙地上,在一些与世隔绝的地点。我觉得,生活在森林里的人应该要知道,花可以在逆境中自行茁壮,比方说黑沙地,或是峡谷。"我一提起宽叶柳兰,便觉得自己开始伤感。

"你会去摘花吗,摘宽叶柳兰?"

"不会,这些花靠自己的力量生长,有时候在一整片沙地上只看得到一两朵花。"我在练习我的外文能力,先是名词和动词,接着我挑选出介词来呈现植物,让我的旅伴对这些植物的生活环境有少许的认识。我从峡谷来到海边,接着放大到海岸。我觉得,一个外国小妞——"小妞"这个用法是我从老爸那里学来的——必须能够想象一大片没有人迹的荒凉海岸,除了无际的大海及偶尔涌现的浪头之外,只有上方同样无际的天空。要这么描述,就要用到两次"无际",因为我想提到没人踏上过这片无际的沙滩。但我想省略高声尖叫的海鸥,因为它们破坏了宁静的画面。所以"无际"该怎么说?如果我说得出"无际",便可以将我们的对话提升到运用隐喻的程度。可是这位女演员催我继续说:"是说'时间没有结束的时候'吗?"

"不完全是。"

"还是'大到没有尽头'?"

"对,比较接近了,"我说,"没有尽头。"

"有意思。"她说。

我想到自己也可以试着去形容早晨在新雪上踏出第一步的声音。

"就某方面来说,和黑色沙滩有点类似,"我说,"是指脚踩下去的声音。"

女演员点点头。

太不可思议了,一般来说,女人全神贯注听我说话的时间通常不会太久,更何况她还不加以大肆批评。再说,这女孩又不像交不到男朋友的样子,就算看到她踏上电影节的星光大道,我也不觉得意外。

二十二

我没办法继续谈植物了,在接下来的一百英里当中,我只想闭上嘴巴。我迅速计算了一下,想知道我得和这位旅伴共享多长的行程。但我一停止思考语法,便又想到了肉体。我有限的语言能力可以将我们的关系直接带到另一个阶段——不需要文字、只用身体语言沟通的阶段。

可是无论如何,我都得检查我的玫瑰,于是我打亮方向灯,把车停到路边之后才关掉引擎。她也解开安全带,准备跟着我去检查后备厢。在她拉开副驾驶座车门的同时,我也推开了我这一侧的车门,而她不知怎么地弄掉了手上的剧本,白色的纸张到处飞散。她没冲向灌木丛去追,而是以一连串镇定又敏捷的动作接住纸张,姿态像极了一头处于备战状态下的掠食者,以迅雷不及掩耳的速度制伏行动中的猎物。我象征性地抓下了几张纸递给她,但一等我发现她其实完全掌握了状况之后,我便任由她自己去抢救剩下的《玩偶之家》,自顾自地去开后备厢。

"嘿,你这几盆植物是要做什么用的?"看我拿水瓶浇花,她狐疑地问,"这是大麻吗?"

"不是,是玫瑰,我从家乡带过来的玫瑰枝条,我还多剪了两株以防万一。"

女演员大声笑了出来。

当我们坐回车里时,她直率地问我:"你有没有女朋友?"

"没有,但是我有个孩子。"这是我踏上旅途以来,第三次在冲动下提起我女儿。

她兴致盎然地调整坐姿,而且好像已经解开了安全带。

"系好你的安全带。"我说。

"你这是在开玩笑吗?"

"这一路上有各种生物跑来跑去。"我指向画着驯鹿的标识。

"我指的是孩子。"

"不是,我没开玩笑。我有个女儿,大概七个月大了。"我补上一句。

"你离婚了吗?"

"孩子的妈不是我的前妻,纯粹只是我女儿的妈。两者差别很大。"

"这两回事通常是并存的。"

"在我家乡可不是。"

"你们在一起多久?"

"半个晚上。"我说,"是她选择离开的。"我这么说,是为了不想让女演员觉得我将我女儿的母亲赶出家门。"她穿上衣服转身就走了。"

女演员好奇地看着我。

"我的背包里有张我女儿的照片。"我向后指了指。她急忙松开安全带,打开车内灯,从前座越向后座去翻找我的东西。当她的手伸进我背包的上层口袋时,屁股几乎是靠在我的肩膀上。

"在皮夹里?"

"夹在护照里。"

"这是你的前女友吗?"

"不,那是我妈。"

我忘了我有张妈妈的照片。

照片里,妈妈站在我家蓝色的墙面前方,一丛火焰百合高及她的腰间,而我就站在她身边,听来可能有些奇怪,但这张照片是我弟弟约瑟夫拍的。我事先对好焦距、安排弟弟的位置,我画了一道线让他对准脚尖站,还教他两次如何按下快门。最后，他按了四次才终于成功，我和妈妈都笑了出来。照片里的我比妈妈高一个头，伸手环着她的肩膀。她穿的是紫色毛衣，搭配裙子和靴子。妈妈在温室或花园里从来不穿长裤。

但是她经常穿些色彩鲜明或花纹特殊的衣服，各种材质都有。她也经常拉整衣服，有时还要我去摸摸衣服的材质，要我分辨衣料的不同，比方人造纤维和雪纺的差异。她曾经带着布料回来，坐在缝纫机前工作。隔天，她便会穿件新衬衫坐在厨房餐桌前方。我看到自己搂着她的肩膀这个细节，觉得很奇怪，我不记得自己当时搂着她。她看起来很快乐。

我的旅伴又转向后方。

"我找到了。"她拿着我的护照，里头写着我所有详细信息，还有我妈妈和我女儿的照片。我迅速瞄了一眼她拿在手上的照片，然后视线又落回前方的路面。没错，是弗洛拉的照片。车子的大灯直直地照在一只兔子的红眼睛上。下次我开到加油站得刮下卡在轮胎面的兔肉了，这可不好玩。我真想知道这片森林是否有终点。

"有意思。"她拿着照片对着光线检视了一会儿，然后说，"虽然她长得不太像你。"

"我没随身携带亲子鉴定报告。"我努力表达，成功地开了一个玩笑。

她笑了。

"你说她七个月大？对女婴来说，她头发实在不多，几乎是秃的。"

我纠正她："她快满七个月。"要对每个人解释同一件事——我女儿的发量——实在很累。"照片是一个月前拍的，当时她才六个月大。头发不明显是因为她是金发。"

我没有尝试继续解释这个女孩的不幸：通常，金发婴儿在一岁之前不会有太多头发。我只怪自己为什么要自找麻烦，提起女儿的事？我怎么会想要让她看照片？

"还我。"我一手离开方向盘，接下她丝毫没有抗议便交还给我的照片。

我迅速看了我女儿一眼，她咧开嘴笑，露出两颗下排的乳牙，接着我把照片塞进毛衣内的衬衫口袋里。从孩子身上看不出任何一夜情产物的迹象。虽说到目前为止，我女儿还没在我的生命中占据太大空间，但是我相信自己将来一定会考虑到她。我只是得先适应这件事。男人一定得宠爱自己的孩子，否则他就是个混蛋东西。

"当你发现自己和一个不认识的女人即将有个共同的孩子时，那种感觉是不是很奇怪？"

"是啊，有一点。"我说完话后，决定不再继续和她讨论这件事。

二十三

怀了我女儿的女孩在过年前打电话给我,问我是否可以到咖啡馆和她见个面。我坐下之后,她开门见山告诉我:她怀孕了。

"我们的孩子会在明年夏天出生。"

我目瞪口呆,除了叫侍者过来点了杯牛奶之外,完全不知道该如何响应。她喝的是热巧克力。有那么一会儿,我光是瞪着桌上的面包屑看,上一轮客人离开之后,侍者还没来擦过桌子。

"你平常就喝牛奶吗?"她问道。

"其实没有。"

她笑了。我也笑了。看到她笑,我松了一口气。现在我回想当时的情景,让我印象最深刻的是她搅动热巧克力时的侧面轮廓。好一阵子，我们都没说话，她啜饮热巧克力，我喝我的牛奶。我几乎没办法想象自己生命中有个孩子会是什么样子。孩子还在肚子里，因此少了真实感，但是孩子也可能永远不会来到人世。我们彼此并不熟，虽然我已经有自己的规划——而其中不包括她和孩子，就像我也不在她的生命规划中一样——但我对她仍有好感。我们那趟温室之行本来不该有后续发展的。我该对她说抱歉吗？该说我后悔邀她去欣赏温室里的西红柿，然后为自己没有做任何防范措施而道歉吗？如果我这么说，她会不会觉得受到冒犯？或者，我应该要表示自己无论如何都绝对不会逃避，会对她肚子里的孩子负责？

"预产期在什么时候？"我问她。

"八月七号左右。"

那天是妈妈的生日。我不怎么想提这件事。也许我该问问这位坐在我对面的朋友，看她对整件事有什么看法，对于自己怀了我的孩子有什么感觉。然而她接着说了："其实我对你并没有期待。"

听到她事先便决定不期待我的付出，我不免觉得五味杂陈。

"可是我相信我一定会喜欢小孩。"我说。

她啜了口热巧克力，然后擦掉唇边的奶泡。她简直和芦苇一样瘦。

"你想不想吃点东西？"我问道，把菜单递给她。菜单上几乎全是汤和三明治，但是我瞄到了一道炸鱼，于是我指给她看。

"我吃不下。"她说。

当时我该自问的是，我的孩子究竟会有怎么样的母亲，但我不明白为什么我无法和这个女人的孩子产生联结，无法在自己和孩子之间建立起桥梁。我没有办法把自己的行为融入整个情境当中，找出其间的因果关系，不能接受这个可能性：我的种子落到某片肥沃的土壤上，在某个女人的体内生了根，而她正坐在我对面，搅拌杯里的热巧克力。

事实上，除了等她打电话通知我去看孩子之外，我帮不上太多忙。我不觉得这孩子将来有可能需要我，也不知道她母亲是否会在她和孩子继父出门看电影时打电话叫我去当临时保姆。当然，前提得是孩子真的会出生。

"我得走了。"这位攻读遗传基因的学生拉起了连帽大衣的拉链，说，"我要去听一堂染色体异常的讲座。"

我喝完牛奶，帮她的热巧克力一起结账。她向我伸手，我也伸出我的手。如果接下来，你也和我一样看到她跑着穿越马路，而且成功地跳上了公交车，你也不会有罪恶感的。

二十四

"你不曾想要对你女儿的母亲有进一步的了解吗?"

"也许有吧,但是没有真的去认识,我们也就不知不觉地走向不同的道路。"

"孩子出生之前,你没再和她碰过面吗?"

"有,我们见过一次面。"我说。

我在四月底遇见她,她正在排队买热狗。我跑着穿过马路,跟在她后面排队,我们之间还卡了一个男人。因为是我先看到她,所以在打招呼之前,我有足够的时间观察她。她穿着蓝色大衣,深色的浓密长发扎成马尾,因为那年春天很冷,她用长围巾在脖子上绕了两圈。当时她的肚子已经很明显了,孩子已经成了事实。我可以感觉到自己猛烈的心跳,而且无法克制地想,我那一夜情对象的体内如今有两个心跳,但是当我试着去回想温室那晚时,却只记得落在她小腹上的叶片影子,再无其他影像。

我听到她点了一个除了洋葱之外所有佐料全加的热狗、一份雷莫拉蛋黄酱,这才想到她肚子里的孩子也一样会吃到除了洋葱之外什么都加的热狗。虽说孩子可能会有一双和我一样的眼睛,但养分全都来自于她。

我先等卖热狗的小贩做好她的热狗之后,才上前和她打招呼。我走到她面前,简单地说声"嗨"。

"嗨。"她一手拿着热狗,对我微微一笑。感觉得到,她看到我似乎有些惊讶,甚至害羞。孩子的妈和我是两个独立的个体,这会儿,我们站在街角和对方打招呼。我问起她的近况,但她自顾自地吃着她的那份热狗,于是我等她咀嚼,吞下嘴里的食物。我实在太笨拙了,竟选在她满口食物时问她问题,我看着她加快咀嚼的速度,然后擦擦其实没糊到嘴角的芥末酱。她的嘴型很漂亮。她告诉我,怀孕就像连续晕船几个月一样。我完全了解,也觉得自己得负起部分责任。而此时的我恰好才从海上回来,正准备下一次的启程。她还说,最难熬的阶段已经过了,她现在正要准备考试。

我们两人面对面地站着,她不时看着吃了一半的热狗,而我可以清楚看见一丝芥末酱正在变硬。她把热狗递给我拿着,自己调了调脖子上的紫色围巾。于是我就这么左手拿着她的热狗,右手拿着我自己的,像是替她看管东西,如同朋友一样。她看起来不像个怀孕的女人,没有让她格外显露出母性的特质,她就像个正要准备考试、沉浸在论文当中的女孩。

我把热狗递还给她,她看着我,无意识地用指头梳过浓密的头发。我很想留给她好印象。我不知道她是否会想到我,但我猜,她可能只会想到孩子长什么模样,说真的,红发男孩的日子可不好过。

"你知道孩子的性别了吗?"我问道。

"不知道,"她回答,"但我觉得是个男孩。"

在这一刹那间,我仿佛瞥见自己牵着一个穿蓝色连身衣、头戴蓝色帽兜的小男孩走在路上。我不是要去他母亲家接他,也不是要送他回去,但是我没办法填补这两件事当中的空缺。我们可能是去喂鸭子吃面包,而看到池塘结了冰,于是我们站在某个冰上的洞口听着鸭子呱呱叫。我牵着男孩的手,在冰洞旁——或其他诸如此类的活动——的这半天时间内,我会好好看着这个托付给我的孩子。虽然我不会和孩子的妈一起抚养他——我在脑海里仔细品尝这个说法:孩子的妈——我也不是个可鄙的人。我想让她明白她可以信任我,想告诉她,我会带孩子去上体育课,我们可以当朋友。

"祝你考试顺利。"道再会时,我对安娜这么说。接下来,我只能等她在某个夜里打电话给我,要我去探望孩子。

"当时,我只能等待婴儿出生。"我告诉我的旅伴,就此结束这个话题。

二十五

　　当时我一直在想,在我把爸爸可能会有个孙子,而且预计将于八月妈妈生日那天来到人世的事情告诉他之前,我还有多少时间;另外我也在苦恼,不知该怎么告诉他。那年我二十一岁,住在家里,虽然也想到老爸生我和双胞胎弟弟的年纪是五十五岁,那是他第一次做爸爸,我们也是他仅有的小孩。尽管想到这些,仍无助于减轻我的忧虑,而且很奇怪,最令我烦忧的竟是不知怎么把预产期告诉他;还有这孩子是怎么来的、要怎么生产,我该透露多少,又该保留什么呢?我应该毫无预警、甚至若无其事地在晚餐时说出来,把自己和不熟识的女孩有了小孩当作小事般轻轻带过?还是应该正式一点,问他是否有时间和我私下谈话——好像我家里还有其他人似的——然后坐在沙发上,关掉收音机的新闻播报,借此强调这是个无法逆转的重要事件？我觉得自己好像要向这位电气技师叙述一本我还没读过的小说内容，就是因为这样，我才想不出任何比较有趣的呈现手法。同时，我还担心自己会让他失望，怕他以为我终于要表白，告诉他我决定去攻读植物学。

当我觉得自己终于掌握到说出事情的良机时，安娜打电话给我，说她正要去妇产科，因为她要临盆了。她说要等我，我觉得自己听出她语调中的脆弱，她似乎立刻就要落泪。

当时是八月六日星期五的晚上十点三十分。

"她在孩子快出生的时候打电话给我。"我告诉女演员。

打从离开旅馆到现在已经有三个小时了，但我们还在森林里。我看着我的旅伴再次翻找戏剧系学生的袋子。这次，她找的是午餐盒。

我必须承认，接到我这个朋友——安娜——在生产前打过来的电话，我真的很惊讶。直到那一刻之前，我丝毫没想到孩子真的会出生。我匆忙地冲了个澡，烫好我唯一的一件白衬衫，让衬衫平整得像是要在圣诞节穿的一样，这是我对婴儿出生唯一的贡献。问题是我不知道安娜希望我在婴儿出生时扮演什么角色，我觉得自己好像一个没有读书就要应考的人。这时，爸爸突然来到烫衣板旁边，我连忙说出自己马上要当爸爸了，孩子的妈是我朋友的朋友。

"你记得索雷古吗？"我问道。

然而爸的反应让我有些惊讶，他几乎是快乐的，接着，他拿起熨斗想帮我烫衬衫。

"我从来没想到自己可以体验当祖父的乐趣，"他说，"你妈妈和我甚至不太确定你的性取向。"

我没问他什么叫作"性取向"，但是我让他帮我烫衬衫，我就像个第一次要去参加圣诞舞会的小男孩。他问我是否需要借他的领带一用。

"不必了，谢谢。"

此时此景，触动了他的回忆。

"你妈妈怀你们两兄弟最后一周的时候，几乎可以塞满我们当时的橘色厨房，所以只要她在厨房里，我就尽量不走进去。那时候，我们的公寓不大，两个人老是撞来撞去，我根本不可能超到她前方。我觉得自己是那个多出来的人，老是抱怨公寓不够大，容不下你们两兄弟和我。"

二十六

过了一会儿,我觉得自己必须在桌上亮出更多纸牌。

"我见证了她的出生。"我告诉女演员。我知道,我的语言能力不可能允许我进一步陈述,这就像有个陌生人透过我的嘴,对女演员叙述我的私事。

女演员显然很赞同我这么做。

"真的吗?"她既困惑又仰慕地看着我。在我看来,仰慕的情绪多过困惑。

虽然我没有取代助产士或动手协助,但是我的确参与了女儿的出生,而且大受感动。

走廊上充斥着奶白色的光线,我并不觉得自己不受欢迎,但我同时也感觉到自己的存在并非必要,我的角色在九个月前她受孕时便已结束。安娜穿着白色的医院罩袍,隆起的肚子顶住了布料，脚上穿了双白袜。她似乎有些冷淡，有点焦虑，似乎无法完全掌握状况。

助产士热情地欢迎我，我对安娜微微一笑。我知道她很辛苦，而且深深地为她难过。这下子，我觉得全都是我的错，我想道歉，想对她说我真的很抱歉，我绝对不是故意要让她经历这种痛苦。然而我只能完全听从指示，坐在她床边的椅子上，轻拍她——即将成为孩子的妈的女孩——的手。对面的窗台上停着两只黑乌鸦，几个女人压低声音交谈，而安娜静静地侧躺着，用双手抱住一个白枕头。

我猜不出孩子的妈怎么会想到要我到场，因为我们几乎不认识。我觉得自己像是多余的人，但幸好事情进行得很快，我不必目睹我这个朋友连受好几天的苦。午夜过后不久，她顺利生下了孩子。女婴在我抵达医院的两个小时后，在八月七号星期六诞生。小女婴满脸通红，哭了几声，吸饱空气之后便开始舞动四肢。随后，她安静了下来，镇定地左顾右盼，宁静的闪亮眼眸初探人世。孩子深蓝色的双眼隐约地闪着光芒，似乎还没脱离另一个世界。

"看着孩子出生是什么感觉？"坐在我车里的旅伴问道。

"让人赞叹。"

"赞叹什么呢？"

"会让人想到死亡。有了孩子之后，人才会确定自己总有一天会死。"

"奇怪的家伙。"她说。

她为什么会这么说？我可能听错了吧。我的大脑没办法同时处理这么多工作：我要翻译、串联陌生的单词，还要思考这些话的弦外之音。反观我的旅伴呢，她毫不费力地表达自己的感受。我没勇气问她这所谓"奇怪"到底是什么意思。于是，我说："你才奇怪。"

我不知道安娜当时在想什么，但当我看到出生的是个小女婴时，我倒是有点惊讶。助产士教我怎么抱住滑溜溜的婴儿，帮我包好孩子小小的身子。女婴散发出微甜的香味，像香草焦糖。我女儿似乎也能理解我的笨拙，她用蒙眬的大眼睛警觉地看着我，态度镇定。我第一眼看到她时，以为她没长头发，但在擦过头之后，我终于看到一层薄薄的浅黄色发丝。

"我女儿出生时头发很少。"我告诉我的旅伴，这种口气就像律师在取得新证据之后重提旧案。

如果没有气味，没有抱着柔软的婴儿，我应该会觉得这一切都不是真的，而是一场电影。我想表达自己对孩子母亲精神上的支持，于是拍拍她的肩膀。她的双眼炽热，仿佛刚体验了一场我永远不可能了解的人生历练。婴儿——我试着说出"我女儿"这几个字——体型小到不可思议，而且好漂亮，像个陶瓷娃娃。那个用毛巾包裹起婴儿的助产士也说孩子很漂亮。她主要是说给孩子的妈听的,但她略带困惑地看了我一眼,似乎想弄清楚我是孩子的什么人。安娜将孩子抱在怀里,但心思却不在孩子身上,仿佛她已经完成任务,现在只想睡觉。她转头对我说:"她长得像你。"然后把裹着毛巾的孩子交给我,这动作像在确认孩子长得一点也不像她家里的人,她已经有所贡献,让我女儿吸收了最好的养分,而且经历无可避免的程序将她带到这个世界上来。此时已经是凌晨两点钟了,我不知道自己该在什么时候告退离开。我能体会安娜的疲惫,但是孩子紧盯着我看,我好想再多抱她一会儿。我想叫孩子的妈先休息一下,或者干脆睡一觉,如果她不介意的话,我想继续坐在这里陪伴我女儿。

在我练习如何抱小孩的时候,孩子的妈在一旁打量我。看她的样子,不知道是想哭,还是想留下我和孩子让自己立刻消失。最后,开始哭的反倒是我,而不是孩子的妈。她不解地看着我,助产士和医院的实习生也同样不解。

"父母看到自己的孩子,尤其是头一胎,通常都难以控制情绪。"助产士解释。这是她的说法:难以控制情绪。

"我哭了。"我坐在车里,毫不退缩地说。戏剧系学生兴致高昂地看着我。我给自己留了些时间,免得受到诱惑,在她面前赞美我自己。尽管严格说来,我和孩子的妈是两个一起生小孩的陌生人,但是助产士仍然极力建议我在医院里陪她过夜。

病房的设备已经将父亲列入考虑，也顾虑到父亲的需要，里头放了一张备用的沙发床。孩子睡在母亲床边一个树脂玻璃摇篮里。孩子的妈没有抗议，但她凝视着我，像是想把我放置在她的生命当中，她的身体仿佛仍记得我，而脑子却怎么也回想不起来。助产士告诉我，因为孩子的头发不多，最好是让她戴上帽子。

"人的身体以头部散热量最大。"她说道，然后为我女儿戴上粉红色的帽子，我觉得她讲话的语气似乎带有一丝歉意。在她值班结束离开之前，她给我和孩子的妈一人一本有关家庭保险和家长育婴假的手册。

孩子的妈头一碰到枕头，立刻睡了过去，我可以理解，因为她刚把一条新生命带进这个世界，一定既累又痛。我很愿意对她说些好听的话，但是她累到听不进去。我想象得到这有多奇怪，她在星期五早上醒来，接着便到医院来生产。而我一个成年男子睡在妇产科病房里，这对我来说，好像违背了天理。我从未和孩子的妈睡在同一个房间里，我们在一起的时间只够让孩子受孕。我绝对不会穿着内裤——就连那套蓝条纹睡衣也不会——在病房里走来走去，孩子的妈过去也不曾看过我那样穿。这里不是旅馆，我们也不是情侣。一个上过厕所之后会忘记放下马桶圈的成年男子，不属于这个吸吮母乳的婴儿和新手母亲的轻柔世界，这个软绵绵的窝。

助产士一离开,安娜就睡了,而且彻夜没醒。我将摇篮推到沙发床旁边,好凝视着女儿。这里只有我和孩子。她醒着,也回看着我——因为我一时疏忽而来到人世的骨肉正看着我。

"孩子醒着看我。"我对车里的旅伴说。我们终于离开树林了,取而代之的是一望无际的向日葵花田,花儿朵朵巨大。这时,天开始下雨了。

我弯下腰,想让女儿辨认我的脸,让她看看她的父亲。她漂亮得不得了,当然了,除了刚才我在其他病房里瞥见的新生儿之外,我没看过太多婴儿。那些孩子看起来就像老人,紫红色的皮肤上看得见世故的皱纹,为刚开始的新生命而愁苦。我女儿——我们的女儿——完全不同。她既不像我也不像她母亲,而是独立得自成一格。我不是说我对孩子长得像谁有偏见,相反地,我还特别排除这种臆测。我仔细打量女儿,贪婪地用眼睛啜饮她的样子。

接着我掀开被子拉直女儿的双腿和脚趾,检查孩子小到不能再小的脚。这孩子散发出一道光芒,我怀疑这道光线是否来自被子布料纤维中的金属成分。

"欢迎。"我轻声低语,把小指塞进孩子的手掌心。我没换下衣服,而是一整晚没睡,盯着孩子看,其中有部分原因是在于我不确定自己是否会再次见到她。孩子的妈和我不是一对,虽然她一定会欢迎我去看我们的孩子,但我完全不知道我是否会经常看到她。

孩子的妈累得整夜没醒,她半张着嘴熟睡。夜里,我看了她好几次,但是我没有逾越我的身份,只是久久地看着她。我帮她拉好被子,也帮我们的女儿盖好毯子,那天晚上的任务大致上圆满达成。以往妈妈在晚上整理家务时,也会来帮我盖被子。我在黑暗中入睡前记得的最后一件事,是妈妈帮我拉上被子,然后才去整理厨房,关窗关灯,结束她的一天。就在那个时候,我突然发现我不知道孩子的妈有什么家庭背景,我甚至没问起过孩子的外公外婆。我总不能在她睡觉时走到她床边,看着她白皙脸颊上的玫瑰色红晕和湿润的嘴唇,然后弯腰摇醒她,问说:"安娜,你爸妈是什么样的人?"

戏剧系学生全神贯注地听我说话,在座椅上扭动身子然后坐直,屏气凝神听我说出另一个多于七个单词的句子。

"有个新生儿盯着我看。"我重复了一次。

我弯下腰,轻手轻脚地抱起穿着白色棉质连身衣的孩子,然后小心地抱着她躺到我的沙发床上,让她躺在我的肚子上,再为她盖上被子。孩子蜷着双脚,我轻轻地拉起她的一只脚踝,然后拉另一只,我女儿又伸直了腿,便这么靠在我的肚脐上。虽然我竭尽全力保持呼吸的平缓,但是孩子仍然像个气垫般地上升下降,我轻抚她的后背,让她入睡,而我自己则是刻意保持清醒。

二十七

新手爷爷问我,他是否该去照护中心接约瑟夫来看孩子。我把状况告诉他:我几乎不认识孩子的妈,还没把她当成家人,也没提起我有个双胞胎弟弟或我和妈妈的关系。我说,我们虽然有过一次亲密的接触,但是我们一点也不熟。

"我们不是男女朋友,爸。"我说。

"你该不会想逃避责任吧,洛比小子?你妈会不高兴的。"他认为这是个唤醒回忆、怀想他双胞胎儿子出生时刻的好时机。

"一开始,他们不知道约瑟夫有哪里不对,但是他们还是把他放进保温箱里,因为他很虚弱。因为你是他的双胞胎兄弟,所以他们也把你放了进去,在出生后的二十四小时里陪着他。我弯腰去看你们的时候,发现你握着你弟弟的手,你才出生一天,就会照顾弟弟了。"他说的不是"你们两兄弟手牵着手",而是我用了两个小时来照顾这个小我两小时而且不太对劲的弟弟。他以他的后见之明,又补充了一句:"你握着他的手。你弟弟周岁前的时间多半都在睡觉。而你呢,你清醒得很,而且拼命观察这个世界。"

这就是他对我们两兄弟的角色设定:我们完全相反。

"你十个月大开始走路,约瑟夫那时候还老在睡觉。你妈妈花了很多时间陪你,我则多半在照顾你弟弟。我们分工照顾你们兄弟俩。你和你妈妈常会聊天,而我和约瑟夫则静静地相处。这个方式刚好适合我们每个人。"

接着,这位电工提起要买辆婴儿车、户外罩衣、保暖袜或任何她可能欠缺的东西给孙女当礼物。这次也一样,他又借妈妈的口说话:"你妈妈一定希望这么做。"

他坚持要我每样东西都买三份:三件肩膀开扣的连身衣,三双保暖袜,三套不同花色的睡衣,分别是大象、长颈鹿和小熊图样。他同时还要我买一部婴儿车,和一套外出穿的罩衣。接着,爸爸掏出皮夹。

"你妈妈就会这么做。"他说。

"她和你在这个年纪的时候一模一样。"爸爸看到孙女时这么告诉我。本来我以为只有奶奶们才会说这种话。

"二十四个小时大?你记得我一天大的时候长什么样

子?"我问这位新手爷爷。

"她简直是你妈的翻版。"他向我确认,仿佛把妈妈和我当作同一个人。

他本来希望孩子能用我妈的名字来命名,我看得出来,当他凝视孩子的时候,他其实找的是我母亲。

"我不能决定她的名字,爸。"我说,"如果我们住在一起,也许还有得商量。"

此外,孩子的妈叫作安娜,和我妈一样,所以她不可能用自己的名字为女儿命名。可爸爸不懂这点。

"我女儿叫作弗洛拉。"我告诉戏剧系学生。

"有意思。"她说。接着,我们两人都静默不语。剩下的路程不多了。

二十八

　　沿途的景观开始改变了,前方有几座圆顶的小丘,远处还有耸立的山头。向日葵花田这时已经落到我们的后方,我们又再一次进入了森林地带。路面潮湿,所以我专心开车,两个人都没有说话。我看到前方出现闪烁的蓝色灯光,于是减缓速度,换到一档,慢慢接近路中央的一个反光交通锥。一名身穿反光防雨背心的警察站在警车前方,打手势要我靠向路边,超越一辆仿佛在瞬间被劈成两半、少了前半截的车子,将我的车开到旁边的碎石地上。路上有一道油渍。我谨慎缓慢地经过意外现场,发现事故车辆的车头像是被森林吞噬了一样。路边还有另一个穿反光背心的警察,他从地上捡起一条人腿,腿上还穿着一只男鞋和黑袜。他就这么拎着那条腿,用另一只手指挥我继续往前开。经过这名警察之后,事故车辆的前半截终于出现了，我隐约看到前座的尸体，那是一对年长的男女，两人的衣着都相当有品位，事实上，他们看来既干净又整齐，直挺挺地并肩而坐，宛如一对在餐桌前静静同坐了好几十年的夫妻。他们身上不见血迹，灰白的脸孔几乎毫无损伤，就像是博物馆里的蜡像。我惊讶地发现自己完全不觉得嫌恶（要知道，我不是迟钝的人），我反而镇定地假想自己过着路边那对夫妇的生活，把这当作一道重要的谜题来思索，但是无论我从哪个角度切入，我都无法想见自己在同一个女人身边好好地坐个几十年，不管在车里或在餐桌边，都是一样。

如果我在旅途上注定要面对相同的命运，情况又会如何？比方说，我开车撞到树，碎裂的挡风玻璃溅得同赴黄泉的我们——我和女演员——全身都是。我孩子的妈看到新闻时，会做何感想？我们可能会在森林里留下一些痕迹，说不定是《玩偶之家》最后一幕几张浸湿的剧本？搜救人员一向有所漏失。不过，很难说，也许他们会把那几页剧本收进塑料袋里，而爸爸会收到这些他无法理解的神秘纸张。

我看着身边的女孩。她双手放在膝上，双眼含着泪水。

"没事了。"我碰碰她的肩膀。

"好了，没事了。"我又说了一次，轻抚她的脸颊。

在共同见证过一起死亡车祸之后，我们等于分享了相同的经历。再加上稍早我和她分享了我女儿的诞生，所以总的来说，在这并肩坐在车里的六个小时当中，我们的共同经历涵括了人类生命历程中最重要的两个阶段：出生与死亡，起始与终结。如果她在最后的六十英里路途中突然开口问我是否愿意和她上床，我不会拒绝。

当我把车子开回高速公路上时，一辆在错误时间出现在错误地点的休旅车和我交错而过。那名司机可能在搜寻播放轻古典音乐的电台。在我的后视镜里，我仍然看得见警车蓝色的灯光在雨中闪烁。

没过多久，我不得不再次把车子停到路边森林的空地去，这次是为了吐出今天早上吃下的火腿三明治。我很不舒服，若不是阑尾已经割掉，我会以为自己又是阑尾炎发作。

熄掉引擎后，我们都跨出了车外。我因为只穿着白衬衫而开始觉得冷，耳边听到了蟋蟀和各种小昆虫的鸣叫声，在漫天微雨中闻到树丛散发出来的气味。

"没事了，"她说，"一切都没事了。"

我觉得自己最好走到车子的九米开外，把所剩无几的三明治再吐出来。或者十到十五米吧，这约莫是二战反抗活动期间被捕的反抗军从卡车走到枪决地点的距离。

"好了，没事了。"她又说了一次，在我吐干净之后，拍拍我穿着衬衫的手臂。接着她牵起我的手，把我带到树林里。

"我们趁你休息的时候呼吸点新鲜空气。"

这里是她的势力范围，也许她曾经和旅馆男主人——她父亲——来这里猎过雄鹿。我一直在发抖，因为我身上只有一件衬衫，像个直接从演奏厅走进森林里的人。

我们踏着谨慎的步伐，跨越丛丛枯枝，拨开沾满露水的枝叶，最后终于来到一株至少历经千年岁月的老橡树前面，然后在树脚边坐下。你只要稍微拨动树皮，就会发现澎湃的生命：下面有一整窝蚂蚁。

"你一直都叫那个名字吗？"她问道。

"什么意思？难道你长大之后会换名字？"

她笑了，我也跟着笑了出来。

我捡起三颗七叶树的果实放进口袋，拿掉女演员肩膀上一片浅绿色的叶子，拍掉几根草，接着我们才坐回车上。

二十九

我们抵达了这段旅程的终点。她一手搭着我的肩膀,指示我如何进入小市镇——一个我原本只会路过的地方。她告诉我,除了她念的戏剧学校之外,这地方还有一间小丑学校、一个著名的马戏团,同时还是颇负盛名的蓝纹奶酪产地。我连续右转了五次,才来到她住的地方,这里离旧城中心不远。

"到了。"她突然有些慌乱地说,"我们到了。"

雨水打在挡风玻璃上,说来有些奇怪,虽说我们没有任何男女朋友的关系,但我觉得自己好像正要和女朋友分手。她在椅子上动来动去,一只手仍然搭在我肩膀上。

"你急着走吗?"她问道,"你必须在某个时候抵达目的地吗?"

"不必,但是我还有一大段路要走。"我给她一个肯定一点的答案。这是自我防卫，防的是出其不意的问题和潜在的要求，女人总是在你还没发现的时候便事先计划安排。

"没事，我只是要问你是否想留下来，"她说，"我和另外两个同校女孩分租了一间公寓，所以有地方让你住。"

我反复思考，不知若接受邀请留下来是否会有危险，是否会影响到我未来的计划。在你的生命当中，有些人只是短暂出现，然而他们带来的影响可能远大于许多和你朝夕相处的人。我有经验，知道足以影响命运的潜藏性巧合会带来什么后果。

"真的，"她理理头发，把一绺头发塞进发带下，说，"反正马上就天黑了。"

"好，那就谢谢了。"我说。我决定借住三个女演员的公寓。不管怎么样，我都会在她们起床之前离开。

"有件事我要先声明，"她说，"我两个室友都吃素，希望你别介意。我是说，吃素食的晚餐。今天晚上我们可能会吃菠菜千层面。"

在我们走出车外的时候，她突然说：

"你说的那种很像弹簧床垫的植物叫什么？"

三十

当我准备离开时,我尽可能不去吵醒那几个女孩,她们下午才有课。在我离开之前,我折好床单和毯子,放在床垫上。这张床垫直接就着墙摆在地板上,墙上贴了张电影明星的海报,女星穿着剪裁优美的黑色连衣裙,低垂一双杏眼,睫毛像蝴蝶的翅膀,还有一头乌黑秀丽的长发。我写了几行字给这公寓的三名房客,感谢她们让我享受了一个愉快的傍晚和菠菜千层面,然后把纸条塞在厨房桌台上的脏杯子之间。到目前为止,运气之神在我这趟穿越雨中森林的旅程中给了我几个伙伴,比方说女演员和她的朋友。我跑到车子的后备厢边,把我在这里买的其中一盆已结了三个粉红色花苞的玫瑰拿进屋里,摆在道别纸条的旁边,这时天才刚亮。这三位女演员似乎生活在一片混乱当中,从厨房里吃剩的食物和脏盘子可以清楚分析。我想了想，先拿起杯盘放进水槽里，然后擦了桌子，稍微整理一下，好衬托出那盆玫瑰。

我开着欧宝汽车经过山路来到低地，思绪虽然不时会回到女演员身上，但再次独处的感觉真好，和女孩子近距离相处可能会有碍计划进行。尽管我不再老想着要上床，但是我极力想分割我和我的身体，就像我想分割自己和其他人的身体一样。在我再次停车研究地图的时候，我拿出后备厢里的玫瑰枝条，放在副驾驶座的地上。到了这时候，在超过一千二百英里的路程中，我的枝条已经历经一段飞行旅程，在消毒过的医院塑料杯里度过一段时间，然后被搁在只称得上有"基本"条件的后备厢和汽车后座。

由于爸爸还担心我，所以我一穿越边界，就在加油站的电话亭里打电话给他。当他问过关于天气和路况的问题之后，他说，在未来约莫七天左右会有七个低气压穿过这地方，接着他说他做的比目鱼汤大为成功，他现在准备挑战传统的冰岛羊杂布丁。

"和你妈妈从前做的一样。"

"但是吃羊杂布丁的季节还要再过六个月。"

"我只是想提早告诉你。我认为我们有必要维持你妈妈的习惯。尤其是为了约瑟夫着想。"

我不记得约瑟夫曾经帮妈妈准备过羊杂布丁，但是从我九岁开始，妈妈便让我帮忙缝羊肚。

"这股整修风潮真是不得了。"他又说了。

"你说什么？"

"我说的是宝嘉的儿子索拉宁，他公寓里只要有任何东西超过两年，他就要整修、替换。这种整修风潮太不正常了。好像任何东西都不能出现岁月的痕迹，仿佛只要你花一辈子的时间替换电线和接头，你就不会死亡。"这位电工当初和我妈搬进这幢房子时组装的蓝色橱柜，到现在还好端端地放在家里的厨房里。

"你的零用钱还够用吧，洛比？"

"够，我好得很。"

"你一路上不觉得孤单吧？"

"不会，不会。"

"路上有人帮忙吗？"

"有，有，大家都很帮忙。"

我说的是真话。大家真是太帮忙了，我认为广泛地来说，我遇到的人都善良又正直，而整体来说，所有人也都尽心尽力地提供协助。如果我问路的对象不知道我的目的地在哪里或路怎么走，他们都仍然会给我一些指引，让我继续前进。最糟的，也只不过是让我在山区里迷路几个小时罢了，毕竟所有的人都很愿意伸出援手。总之，我开着欧宝汽车穿越三个国界；

而自从我让女演员下车之后，再也没打过半个嗝，肚子饿了就吃各式肉酱和巧克力，三个晚上分别住在三个不同的国家，而且都有足以遮风避雨的屋檐。因为我一个人开车，所以得不时停下来看地图。唯一的问题是地图不会显示道路有多么陡峭，只看得出距离和英里数，否则你不会选在蜿蜒山路的最后三十英里爬坡道上晕车的。在这些急转弯处，我只能感谢上帝洒下薄雾，免得我看到下方的山谷。事实上，直到我抵达目的地之后，我才发现山谷下方还有另一条路。我一路上没遇到太多人，在来到村庄之前的最后几英里，只遇到过一辆车。

三十一

村庄的位置在一片凸起的岩石后方,我一眼就看到悬崖顶端的修道院,我实在无法相信,那上头怎么会有一座任何一本有关中世纪玫瑰栽培手册上都会提到的花园。

一片黄色云雾将修道院横切成两截,让修道院看起来宛如脱离了地面,在半空中盘旋。这地方的街道很窄,抬头往上看,只能看到细长条的天空。这些路近乎垂直,我一点也不想继续开车前进,于是我拿起背包和玫瑰,开始朝山丘上走。还好,我的行李不重。往前走了几米之后,眼前建筑物的鲜丽色彩扑面而来,让我觉得自己仿佛踏进了我弟弟约瑟夫的彩色世界,我看到他衬衫的粉红色、领带的薄荷绿、毛衣的紫,以及背心犹如芝士般柔和的棕色。沿着这段上坡路,两侧精美的陶制花盆里种着绣球花和大丽花,再往上,便是最上方的唯一一条横向街道了,而街道最末端有一座背对着蓝色天光的教堂,修道院宿舍就在教堂旁边,我就是要去那里报到。

我的方向感很快便恢复了,轻松地找到每个地点。这个小村庄似乎无所不有,但都只有单独一个:一间旅社、一间餐厅、一间理发院、一间邮局、一间面包店、一间肉铺,就连乞丐也只有一个。唯一例外的是四处可见的教堂,有时候甚至会看到两三间教堂群聚在附近,我从来没在如此小的范围内看到这么多教堂挤在一起。除了居民之外,这地方的一切看起来至少有一千岁。我手上捧着一箱玫瑰,注意到有些当地人正在看我。二十分钟后,当我走到村庄最上方时,我相信我已经见过了全村的半数人口。我闻到某户人家锅里飘出来的香味,看到不少人刚采买完毕,提着大包小包的东西,胳膊下还夹着芹菜。我耳边听到的都是陌生的语言,但还好我背包里有一本书,应该可以让我勉强应付这种即将消失的方言。我一路上碰到几名年龄各异的女人,我飞快地瞟了她们几眼。不知不觉地,我已经推算出一条准则,还可以把结论投射在旅社的紫色墙面上。如果以百分之五十来推算,那么这地方的七百个居民当中应该有三百五十个女人,而其中大概有三十个女人和我落在同一个年龄层,误差不超过五岁。

修道院的托马斯神父来到大门口欢迎我,他身上穿的是织着麻花纹的灰色V领毛衣。神父表示他正在等我,我的房间已经打扫干净,床也铺好了。我穿的是妈妈手织的蓝毛衣,有类似的麻花纹,我可以拿这当话题,但是我们才刚认识,讨论衣服似乎不是很妥当。他接着问我要用哪种语言交谈,甚至提出了好几种选择,让我有些惊讶。

"我从前修的是语言学,"他说,"学习语言是我的嗜好。"

我问他能说几种语言。他说,十九种没问题,还有十五种稍有涉猎,另外几种语言则略知一二。

"是语系的关系,"他补充道,"你只要能掌握十一种语言,接下来,要学另一种新语言就不难了。"修道院在这个季节通常没有太多访客,但我的来信和对花园的兴趣让他很惊讶。

"大部分访客来看的是手稿。"他从大厅的玻璃柜里拿出一瓶黄色液体,倒进两只玻璃杯里。

"我们目前只有两个房间开了暖气,你住一间,我住另一间。你在花园工作时可以在修道院里用膳,我们中午供应热汤,晚上可以在隔壁餐厅用晚餐,挂修道院的账。如果你星期一开始工作,我们楼上星期一会供应芹菜汤。我猜你明天会想要到处走走,我们这里有一座很漂亮的教堂,里头的圣坛有古画和精致的彩绘玻璃。"

他把一个杯子递给我。长途旅行让我累得发抖。

"就像我刚刚讲的,欢迎你来。你对花园的兴趣让我们多少有些惊讶。你们国家有办法栽培玫瑰吗?一般来说,玫瑰没办法适应岩石的环境吧？我信里也提了，我们的花园已经大不如前。但如果你觉得你能打点，或是，像你说的，让部分玫瑰丛重新生长，我们一点儿也不会反对。"

托马斯神父看着我放在箱里的玫瑰。稍早，我小心谨慎地把箱子放在我脚边。

"过去一向是马修修士自己照料花园，但是你可以接下他的工作，他对园艺有些厌倦，想要和其他人一起誊写经文。我们有多到数不清的手稿正等着分类。"托马斯神父把八号房的钥匙给我，朝楼梯走过去。

"我住你隔壁的七号房。等你行李放好之后，欢迎你随时来找我再喝杯柠檬伏特加。"

三十二

我很喜欢这个房间。房里的墙壁漆成浅蓝色,里头有床、桌子、椅子、洗手台,衣柜里放了四个木制衣架。我没花多久时间,便挂好了两件毛衣和两条裤子。我把T恤、内衣裤和袜子摆在搁板上,行李整理好之后,我觉得自己总算安顿下来了。我先把玫瑰放在窗台上,接着来到走廊敲七号房的门。我必须说,托马斯神父来开门的时候,我真的大吃一惊。他房里的墙面从上到下排满了录像带,房间正中央的地板上摆着一台旧电视,前面放了两张椅子,他的书桌上也整齐地堆了两摞录像带和一本应该是《圣经》的厚书,此外,就是几本书籍和一个笔筒。

他发现我瞪着录像带看。

"对,你猜对了,虽然我从来没上过电影院,但我是个影痴。这些年来,我那些分布在全球各地、知道我这个弱点的朋友,会寄些珍贵的影片给我,现在大概有三千部片子了。这里收藏了世界各地的影片,语言各异,除了好莱坞电影之外,真是什么都有。我受够了战争英雄和造假的花招。"托马斯神父为我拉出一张椅子,邀我坐下。

接着他向我道歉,因为他对我的母语只有基础的阅读能力,而且他从来不曾和我任何一个同胞谈过话,也只看过一部来自我家乡的电影。

"但是那部片子很美,"他说,"很独特。有绿得出奇的草、辽阔的天空和凄美的死亡。"我发现托马斯神父看的都是没有经过配音,也没有字幕的电影。

"这是很好的练习,"他说,"我的书都放在修道院里。我在那里也有个房间。我在这边看电影。有些人养猫,我则看电影。"

托马斯神父站起来,拍了我肩膀一下,然后把柠檬伏特加拿过来,为我倒了一杯。

"如果你想看电影,欢迎随时过来。我通常每天晚上都会看。过去几个星期我一直在看一些被人遗忘的导演的作品。"他拿起一个录像带盒子挥舞,"这位导演最特殊的一点,是他对一些人世不幸的深切同情。"

三十三

可以让我挂账吃晚餐的餐厅位于宿舍隔壁；在这里，每个地方都在另一个地方的隔壁。餐厅女主人知道我是谁，托马斯神父向她提过我会来。这餐厅很小，只有四张铺了桌布的餐桌，里头弥漫的气味相当特殊，同时带着甜味和苦涩，像是夹杂着蚌壳和玫瑰水。女主人挥舞着铲子从厨房里走出来接待我，一阵油炸的烟雾跟着她飘出来，她用滴油的铲子指向一张桌子，指示我该坐的位置。我用眼角余光瞥向厨房，看到她接着站在炉子前，把食材缓缓放进滚热的油锅里。没多久，她捞起吱喳作响的金黄色面糊，把炸得酥脆的墨鱼放到我盘里，然后用锐利的刀子切下几片柠檬，随意往盘子上一丢，便把盘子递给我。在油烟当中，我闻到女主人身上玫瑰水的味道。随后，她又在我面前重重地放下一盘香草布丁，拿出罐子，为布丁淋上热焦糖酱。

一吃完晚餐,我立刻去参观村庄。天色虽然逐渐转暗,但是我仍然在村里的主要干道上来回走了两趟。经过这两趟,我也开始见到相同的人。这条街很热闹,我猜,所有的村民都会在晚餐过后到大街上来溜达。他们的语言对我来说仿佛来自外星球,这些从我耳边飘过去的话,我真的连一个字也听不懂。

对我来说,路上的行人不过是打扰我的形体,若是不尽快改变现况,这很可能阻碍我和这里的人正常沟通、发展人际关系,并且让我无法学得本地的语言。然而我还是很小心地不要碰撞到任何人,因为我不知道怎么用他们的语言道歉。妈妈就很习惯借由肢体接触表达情感,当我们说话时,她总是会拉着我,记得小时候,我很少乖乖站着不动,老是动个不停。

"你呀,老是动来动去。"妈妈老爱说我。

在大街上漫步的时候,我和大约八个女人有了眼神的接触,其中有一两个让我想和她们上床——这是说,如果有机会的话。但这些想法比较偏向过早出现的冲动,像是因为管筒不良而没有炸开的烟火。

教堂前面的广场上,就在离宿舍不远的地方,有一座电话亭。我决定去看看电话通不通,看爸爸是否还好,一方面也让他知道我还能活蹦乱跳。

和爸爸讲电话不是件轻松的事。我连招呼都还没打完,他就已经开始担心电话费过高,而准备和我道再会。

"你还好吗,洛比?"

"很好,我只是想让你知道我已经到了。"

他直截了当地说:"你不喜欢那个地方吗?"

"不会,这里很不错,有点远,但是我有自己的房间。"

"房间可靠吗,洛比?"

我想了一下,不知道爸爸所谓的"可靠"是什么意思,他指的是建筑物是否稳固、是否有锁这类的条件吗?还是说,他问的是这房子是否经得起地震的考验?幸好他换了个问法。

"房东值得信赖吗?我希望他不是打算欺负哪个年轻的外国人,想诈骗他在海上赚来的辛苦钱?"

"不是的,没这方面的问题。我住的宿舍是修道院的,吃住都免费。神父就住在我隔壁的房间。"

"他是个可以信赖的人吗?"

"是,爸爸,很可靠的人,他是个电影迷,会说不少世界各地的语言。"

"所以你不会想家?"

"不会,一点也不会。不过我到这里才三个小时而已。"

"你钱还没用完吧?"

"没有,我什么都不缺。"

"你还有从你妈妈那里继承来的钱。"

"我知道。"

"那天我去看了你女儿和她妈妈。"

"真的?"

"你不介意我去看我孙女吧?"

"不会。"我回答。

我虽然有点不自在,但倒也不反对。

"她很漂亮,那个小女孩,和你妈妈长得一模一样。生日也在同一天。"

他没提妈妈在哪天过世。

"我们家族一向有金发基因的遗传,由来已久。你妈说过,你外曾祖父的头发是浅金色,而且是鬈发。孩子的金色头发要长大一点才会变色,所以你外曾祖父即使步入中年,但看起来还是比较孩子气,有着精致的五官。就是这样,女孩子一直到他年纪大一点之后才开始觉得他好看。"

"这么说,我女儿长得比较像她爸爸家族的人?"

"是啊,可以这样讲。"

直到我躺在床上,盖着干净的被单读着本地方言教材时,我才开始觉得孤单。老实说,我不知道自己着了什么魔,为什么要离乡背井来到这个偏远的村庄。我调整枕头躺下,好看向窗外的黑夜。我记得这天刚好是月圆之日,于是我凝视着天空。果不其然,月亮大得吓人,而且真的离我很近。在我家乡能看到的星座都不见了，没在天幕的任何方位闪烁，取而代之的，是流星和一些我认不得的星斗，黑暗的苍穹上，只有我不认识的排列组合。

接着，我发现有声音透过枕头传出来，有点像船只的引擎声，模模糊糊的。在停顿了一阵之后，我听到有人在急切地争执。随后出现一段优美的旋律。我坐了起来，想分辨声音的来源，我敢说声音是从隔壁房间传过来的。我竖起耳朵，但听不出那是什么语言，说不定是中文。无论是哪种语言，一定都是托马斯神父在房间里看他珍藏的电影。

三十四

我一定是太早睡着了,才会清晨六点就已经醒来。响亮的钟声宣告了晨间弥撒即将开始,一口有好几世纪历史的大钟就在我的窗外。安静的宿舍竟是在村庄最重要的教堂隔壁。我穿上裤子和毛衣。既然醒了,不妨出去走走。我拉上毛衣的帽子,走进紫色的清晨。外头没半个人,咖啡馆也还没开。村庄上方飘着一片奇特的红蓝色烟雾。我朝发出钟声的建筑物走过去,才发现教堂与宿舍相连。教堂入口和街上的任何一扇门没有两样,从外表看不出里面究竟是什么。我想了想,昨晚,我应该看到那个乞丐跪在黑暗当中。我有没有给他几个硬币?我是拿零钱到电话亭打电话给爸爸,还是把钱给了乞丐?我突然觉得这件事很重要,于是四处张望,但是没看到任何人。我走进门里,穿过迷宫般的走廊和弯曲的通道之后,来到另一扇门前。拉开门之后,我发现自己走到了一间大教堂,里面的石头散发出湿冷的味道,我面对着偌大的空间,拱顶缤纷的光线让我倒抽了一口气,不得不拉下帽子。这种感觉很像是穿过狭窄的洞口,发现一整片的钟乳石和冰岛晶石一样。我从薄暮下的巷弄直接踏进教堂里的日出。弥撒正要开始,照射在圣坛上的阳光闪耀出金色的光彩。托马斯神父看着我,教堂里还有另外十一个白袍僧侣和他在一起,祭坛上方有一座深色十字架的耶稣受难像,所有的墙面都有色彩鲜艳的壁画。我左顾右盼地绕了一圈,虽然没看懂壁画的每一个场景,但总算辨认出几个圣人。我在圣约瑟的雕像前站了一会儿,接着才来到圣母马利亚抱着小耶稣的画像前面。这幅画作吸引我的地方在于婴孩的金色头发,他前额还垂着三绺鬈发,这和我女儿第一次洗过澡之后我向她以及孩子的妈道再会时一样。我靠上前去,仔细检视画作,无法不去注意我女儿和画中婴孩的其他相似之处,不管我怎么看,他们的脸蛋、又大又亮的双眼、花朵般的唇形、鼻子、下巴,甚至连酒窝都一样。这幅画看起来应该有些年代了,画上有道裂痕,马利亚的一只袖子可能刚修复过,同样都是蓝色,但和手肘以下的部分不同。

  我走出教堂之后,看到村里的咖啡馆已经在户外摆好了两张桌子。我坐在其中一张桌边,老板端来一些加了黄色卡士达酱的酥皮饼让我当早餐,据他说,这是本地特有的点心。

我昨天花了半个小时就走遍了整个村庄,所以实在想不出今天有什么事可做。显然这地方在星期日没有太多活动,大家都留在家里吃饭,吃完照样待在家里休息。于是我决定再给爸爸打个电话,看他在做什么。他通常天一亮就起床,不到中午,就已经修好了纱窗铰链,贴好掉落的瓷砖。连续两天打电话可能会让他感到意外,但是我努力控制自己的声音,不去透露出我对这个地方和工作的疑虑,否则他可能会催促我立刻回家去念大学。他终于问到了天气,我表示天气和昨天没什么不同,只不过黄色的烟雾在今天早上变成了红蓝色的烟雾,他说,家乡的天比昨天亮了些。

"今天白天会比昨天长两分钟。"

我真是受够了老爸。在春天来临之前还有一百二十个低气压会经过家乡,爸爸每天都会仔细报告。

"是啊,爸,然后过一阵子,黑夜又会变长。"

"如果我们能活到那时候。"

"对,如果你能活到那时候。"

"你妈妈根本不该比我早走,她比我年轻,年轻了十六岁,才五十九岁,哪算什么高龄啊。"

"是啊,她是不该比你早走。"

我们都闭上嘴巴,我掏口袋,想找出更多铜板。接着他说宝嘉邀他今晚去吃蜜汁火腿。

"嗯，她还好吗？"

"她很好，但是我从来就不爱吃蜜汁火腿，我连猪肉都不喜欢。"

"你变成犹太人了吗？"

"我不知道该带什么送她。"

"你不能带些西红柿吗？她不是有四个孩子，而且都已成人？"

"好主意，洛比。"他先顿了一下，才问我手上的现金是否够用。

"够，我什么都不需要。"

"你不寂寞吧？"

"不，不，一点也不会。我打算明天就到花园去工作。"

"那个玫瑰花园。"

"对，没错，那座玫瑰花园。"

"我想，那至少比出海好。"爸爸说。我开了这么远的路，途中与死神擦肩而过，如今终于来到这个起点，这座闻名全球的玫瑰花园，在这里，我可以同时看到比其他地方更多品种的玫瑰，而他似乎完全无动于衷。我第一次看到这座花园，是在一本妈妈拿给我看的书里，当时我还只是个孩子。之后，我看过的每本玫瑰栽培书上，几乎都会提起这座偏远的修道院花园。有几位作者甚至还亲自到访过，但大部分的作者都是引用其他的数据,而我注意到有些句子甚至直接引用自古老的手稿。

"好,儿子,你若是缺钱就告诉老爸。"

就某方面而言,在我和爸爸说过话、打消想家的念头之后,眼前的际遇让我更满意了。

三十五

从村庄出发,步行即可爬到山丘上的修道院,而且有好几条陡峭小径可供选择。有谁会想到海拔如此高的岩石地上竟然有一座玫瑰花园?一开始,我看不到花园,因为花园在修道院里,三面都是墙,唯有离村庄最远的一侧才是开放的空间。这几座山丘的斜坡上都有葡萄园,供僧侣用来酿酒。接待我的是马修修士,他负责带我参观花园,提供我数据。

"托马斯神父向我提过你,说我会一眼就认出你来,"他带着微笑说,"神父说,你就算在人群中也很显眼,长腿高个儿,还有一头姜红色的头发。欢迎你加入。"

这座世上最知名的玫瑰花园已不见昔日风华——如同托马斯神父给我的三次警告一样。花园里的小径和铺石淹没在杂草当中,原本分隔的玫瑰花坛如今纠结成一片,以前花园中央曾经有个池塘，草坪上还有长椅。我眼前的花园虽然荒芜，但根据我从前看过的照片，我仍然可以立刻辨认出这个地方。

"是啊，花园的确缺乏照料，几乎荒废了。"马修修士解释，"我们把重心放在酿酒和图书馆。我们还有上千卷手稿有待归类，而修道院的人手越来越少。教会里的年轻修士宁愿整理手稿，也不愿到花园来工作，他们到外头来多半是为了抽烟。"马修修士看起来可能有八十多岁了。

我们在花园里散步，这地方有不少令我惊讶之处，面积也比想象中来得大。尽管我可能得从头开始，但我看出荣景再现的可能。大多数的玫瑰品种都保留了下来，我克制不住，伸手触摸去感受柔软的绿叶，但没摸到蚜虫。

"是啊，没错，"马修修士说，"大部分的品种都保留了下来。但是你只能看到一部分，因为各种玫瑰开花的季节不同，事实上，现在这时候的花不多，可能不超过七十种。"

我们沿着古老的小径，穿过浓密的矮树丛，我看出远处似乎种了些果树，圈住了玫瑰园。

"法国普罗因玫瑰、斑纹玫瑰、千叶玫瑰、杂交玫瑰、野玫瑰，还有念珠玫瑰（Rosa candida）。"马修修士一一念出玫瑰的品种。

当我和马修修士在花园里走着的时候，这个在许多古书中称之为"天空玫瑰园"的花园在我脑海中逐渐成形。我得先从除草和修剪玫瑰开始,如果一天工作十小时,也得花掉两星期的时间;接下来,我必须把土拨松、重新栽种,让这些花有足够的生长空间。我已经有了计划,挑好一块能遮阴又有日照的地方来栽种我要加入的新品种。一开始可能不明显,无法立刻看得见花朵,但是这块地方有最好的条件和日照,我可以把我那不知名的新品种种在这块肥沃的土地上,让它生长。毕竟原先的盆子已经不能满足我那些玫瑰的需要,我决定不要拖延,立刻跟修士提起我摆在宿舍窗台上的八瓣玫瑰,于是我拿出一张照片,让他看我家温室里盛开的玫瑰花。

"我不认得,"马修修士停顿了一会儿之后才说,"我们的花园里应该没有这个品种,它和稀有的白玫瑰——念珠玫瑰(Rosa candida)——有点像,但是颜色不同,很不寻常。你说这是什么品种?"

"八瓣玫瑰,有八片花瓣着生在花托上,外围还有另外的花瓣,总共由三层二十四片花瓣组成丰润的花苞。"我解释道,"的确,八瓣玫瑰很像念珠玫瑰(Rosa candida),只不过颜色不是白色,源自较有韧性的品种,说不定还是世上绝无仅有的。"虽然我查阅过许多关于玫瑰的书籍,但是我从来没在别的地方看过这个品种的玫瑰。

"真有趣,"马修修士说,"花冠的形状很特殊。"

"而且花柄没有刺。"

"真有趣。"他又说了一次，眯起眼睛研究照片，"颜色很特殊，非常少见，既不是粉红色也不是紫色。应该算紫红吧，你说呢？"

"没错，"我说，"是紫红色。"

"这么浓烈的颜色很不寻常，而且整朵花的颜色都很显眼。难道是底片的关系，你用的是柯达胶卷吗？"马修修士问道。

他拿着照片往前走了几步，和一两朵深粉红色的花苞比较。

"就像我刚刚说的，我从来没看过这个品种的玫瑰。你应该让札哈里亚斯修士看看你的八瓣玫瑰，他今年九十三岁，在修道院里住了六十二年。他的视力已经开始衰退，我们不确定他究竟能看到多少东西。"

接着他表示用汤的时间快到了，在我还没来得及提起八瓣玫瑰的香味之前，他突然又想到另一件事。

"我们帮你订了新的雨靴，因为不想让你穿那双在工具棚里摆了七年的雨靴。而且，那双靴子太小了。下单足足过了六个星期后，靴子才送到。他们一开始搞错了，把东西送到爱尔兰去，那个国家经常下雨。"他带我走进花园的小工具棚。他说的雨靴就放在里头，干净的蓝色雨靴看起来几乎全新，和我在医院里梦到的一样。

"希望你能穿，你是不是说四十四号？"

他们还借我工作穿的衣服、裤子、毛衣和手套。我套上裤子，裤管只到我的小腿，毛衣的衣袖一样太短，上一任园丁显然不太高。

"这些衣服很久没人穿了，确切说，有七年的时间了，"马修修士解释，"可能得洗一洗。"

园艺工具全放在小棚屋里。这些工具很齐全，包括了锯子和各式各样的花剪，但看起来仿佛闲置太久。棚里还有些我从来没看过，而且不像传统园艺使用的工具，我完全无法想象这些东西有什么作用。

"札哈里亚斯修士可以教你怎么使用。"负责导览的马修修士告诉我。

最后，他表示应该要让我知道一件事：并非所有的修士都喜欢这座玫瑰花园，有些修士对植物过敏，而蔓生植物会长虫，有些修士则是受够了从窗口爬进来的小虫。

"贾可布修士要我转告你，不要在靠寝室区的东侧墙面——也就是他寝室的旁边——种任何爬藤植物。"

和修士一起喝过芹菜汤之后，我穿上新雨靴，独自在花园里逛了半天，估量玫瑰花坛的空间，拟定隔天的工作计划。虽然我对自己的未来还没有笃定的规划，然而我确实有能力预先计划。同时，我认为可以在花园里另辟一片蔬菜园。中午的汤还不坏，但是我知道如何增加修士们的蔬菜选择，就是在这里种些香料。

三十六

我成了修士们的园丁，在未来两三个月当中有不少工作可做。在那之前，我不必想到自己对未来的计划，或是工作结束后我要做何打算，是要回家，还是继续待在这里。但我倒觉得我不可能在两三个月之间就找出自己对生命的看法。我在花园里自在得很，能够利用这段在花坛之间的独处片刻来探索自己的渴望是件好事；在宁静的花圃中，我甚至不需要语言，而且不必参加任何祈祷聚会，因为我只是园丁。花园必须彻底重新规划，我得依据原始设计和古老手稿中的数据，来拟定新的草图。

我把第一个星期的时间用来除草，在玫瑰丛——其实是一片荆棘——之间修剪出通道，之后，我才能真正认识这座花园。我偶尔会打赤脚站在草坪上，但更常穿着蓝雨靴。

我不知道自己该如何向托马斯神父报告进度,他是我与修道院之间的主要联络人。他说,修道院将花园全权交由我来处理,另外他好像也说,我应该相信自己的直觉和对于玫瑰的了解。当我向他说明我的想法、调整和改变的时候,他会点头表示同意,并且立刻接受。

"有你加入,我们真的很高兴。"他这么说,似乎对我的每项提议都很满意,包括在长椅边加铺一片小草皮。他之前就告诉过我,他最大的兴趣是电影和语言,其实我也不确定其他修士对花园是否有兴趣。如同马修修士说的,大部分的修士都沉浸在书本的世界里,专注地将一系列手稿分门别类。

我经常在荒芜、纠缠或低矮的玫瑰树丛中找到新品种,细长的绿枝上可能长着硕大的花朵,或是成簇的玫瑰,各种花形、香味和色彩都有。花园里的香味扑鼻,色彩丰富绝妙,处处可见紫、浅蓝、粉红、白、灰、黄、橘与红。其实我最好重新安排花朵的色彩排列。要规划所有的玫瑰区域,我需要费一番工夫。过了两星期,我已经辨识出超过两百种玫瑰,并且加以归类。

修士们放手将花园交给我管理,但到了第二周,越来越多的修士开始到外头来探望我的进度,来闻花香。他们不再随手将烟蒂丢向花坛,并且毫不吝啬地赞美花园的改变。我不得不承认,他们的赞美让我很有成就感,我甚至想,说不定贾可布修士愿意让我用杜鹃花取代常春藤。

虽然我成天忙着园艺工作,脑子想的多半是花园,然而在挖土时,我仍然会想到身体的需要,甚至在我和托马斯见面讨论进度时,都无法完全屏除这些念头。就算周遭环境没有任何足以唤醒身体的特殊主题,但这回事似乎每隔二十分钟就会浮上我的脑海。我来这里,是真心想在花坛工作,同时也想利用这段时间来稍稍思考生命的意义,但是这改变不了我对身体的迷恋。

我在思考语法时并不会想到身体,但只要我一开口,这个想法便会出现,犹如白布上的墨渍。我表面上谈着花园,心里其实正在和欲望搏斗。我担心托马斯神父会看穿我的心思,因为他脸上有种表情,似乎会忍俊不禁地笑出来。

"你对这件事有什么看法?"

"什么事?"

他困惑地看着我。

"我们刚刚讲的事啊,蔓生玫瑰。"

我实在不能理解,这些修士虽然禁断娱乐与肉欲,但他们很快乐,随时都能大笑。我试着想象自己成为其中一分子的情景,可是我发现,尽管我目前过着禁欲的生活,但无论我如何努力,修士的白袍对我不是太大,就是太小。

三十七

我通常在破晓时分醒来。事实上，响亮的钟声也会扰人清梦，因为我的床铺几乎就在教堂的门边。在我到花园工作之前，我会在咖啡馆里吃当地的卡士达酥皮饼当作早餐，午餐在修道院里喝蔬菜汤，晚上则是到隔壁的餐厅用餐。我第二个星期的时间多半仍是在修剪玫瑰，但我也修剪了常春藤，并且根据书本上的记录，将灌木丛修成圆球或尖锥状。花园里除了玫瑰之外还有不少橡树，一片由果树和无花果组成的果园，另外还有形形色色的植物，友谊玫瑰、和平玫瑰、吊钟海棠、亚当之胡、上帝荣耀这几个品种全种在工具棚边的同一片花坛。一般来说，我会一直忙到六点左右天色渐黑才休息。

回到宿舍后我会先冲个澡，洗掉玫瑰的香味，换过衣服，才去餐厅吃炸鱼。隔壁餐厅的女主人通常也会准备鱼汤，我还吃过一次和洋葱、培根串在一起的烤鱼,吃过两次乌贼(我费了一番功夫才切下触手,之后还辛苦地咀嚼)。过了两个星期,我开始想吃肉。我不知道如果开口请餐厅女主人为我煮些肉类会不会太冒昧。于是我决定先问托马斯神父。他拿了一张纸写下四个字,要我交给餐厅女主人。自此之后,除了每星期五固定吃鱼之外,我每天都有肉吃。

"我只是以为你会想吃鱼。"餐厅女主人这样解释。

用过晚餐后,我偶尔会打电话给爸爸,只是这阵子比较少。在我打电话的时间,他通常正在为自己准备晚餐,也就是说,我们的对话通常绕着我是否能解读妈妈的食谱打转。最近一次我打电话给他时,他表示约瑟夫要回家,所以他想邀宝嘉共进晚餐。之前,她邀过他三次,一次喝羊肉汤,接着是裹面包糠的炸鱼,然后是蜜汁火腿,所以他必须礼尚往来一下,邀她到家里用餐,而他需要我给点建议。

"你还记得妈妈的哪份食谱?"

"肉类还是鱼类?"

"鱼。我试着炸过几次鱼肉丸子,但是都失败了。"

"不是该用马铃薯粉吗?"

"你是说,加在鱼肉丸子里?和鱼肉拌在一起?"

"对,大概加个两匙。"

"另外是不是还要加点什么,洛比?"

"如果我没记错,还要加蛋和洋葱。"

"我就知道我铁定弄错了某个环节。"

他停了一下,然后问我是否已经认识了当地人。

"还没有,目前只认识托马斯神父。"

"没有女孩子对你送秋波吗?"

"没有,没那回事。"

"那么安娜呢?"

"我们两个之间没有关系,那纯粹是个意外,爸。"

"如果我是你,我不会放任机会流失。"

"我没得选,好吗?再说,一个巴掌拍不响,你不可能在一瞬间就爱上别人。"

"这有什么难的,洛比小子。"

我改变话题,告诉他我已经开始学本地的语言。

"嗯,你对语言本来就有天分,洛比。虽然说,说这种语言的人不多,学起来可能没太大价值,而且,会说我们自己语言的人本来就已经很少了。"接着他提起,他最近听说世上每天都有一种语言消失。

"嗯,那么,我最好回家学点语法。"我打算挂掉电话了。

"你确定学一种面临消失危机的语言不是浪费时间?"

我回到宿舍,在门厅里遇见托马斯神父。

"如果你想家,欢迎你过来。"

"你说什么?"

"过来和我一起看《思乡》。你必须能够直视苦难,才能对受苦的人产生同理心。"

三十八

夜间电影让一切变得截然不同，尽管这些电影没有字幕，而且语言各异。我偶尔会试着用村里的方言和宿舍七号房的邻居粗浅地聊个几句。我坐着把字典摊放在腿上，这样对话虽然有些慢，但至少行得通。

"这部片子除了暴力之外，什么都不缺。"我的邻居说。显然我的东道主在每个欣赏影片的夜里，都会重新认识一些经典旧片。

"我一般会看些意义非凡的片子。"他说，顺手递了一卷录像带让我看看包装盒。这部片子兼具了智慧与渴望。他拿出影带，然后把盒子放回架子上，接着才拿起一瓶酒，拉紧百叶窗。

"有人说，艺术必须反映现实，这个论点还真奇怪，"他对着窗户说,"人类不是已经受够了俗世的真实面吗?"

如果当天看的是我听不懂的外语片,托马斯神父会简短地告诉我剧情。但即便如此,他还是几度暂停播放,为我说明状况,因为光靠他的几句简介不容易完全猜出电影的内容。他着重在传达导演的创作精神。他不会局限于剧情,而是强调某些影像架构,探索拍摄角度,讨论场景,还会暂停影片,为我指出剪辑的特殊手法,这是他对电影拍摄最感兴趣的一环。

"情人眼中只有美女。"他说。

他对影片中人物的心理铺陈也很感兴趣,但通常他的分析太过深入,让我很难听得懂。精确地说,他会引导我注意电影的某些层面,或是指点关键,让我自己学着去解读。尽管发生在小屏幕上的一切不容易了解,但总比我独自一人关在房间里有趣。托马斯神父还会在某个星期安排特定主题,向某几位特定的导演或演员致敬。电影结束后,我们会稍稍讨论内容,一边喝完手边的酒。

这晚电影的色彩尽是深深浅浅的蓝色,虽然神父已经拉紧了百叶窗,但旧型电视仍然无法显出应有的播映效果。影片的序幕是一场在雨中高速公路的致命车祸,以女高音咏叹对于圣保罗的爱来收场。从头到尾,女主角的身边围绕着死亡,但到了最后,尽管她失去了一切值得活下去的理由,她仍然渴望生命。我不经意地向托马斯神父提及我对死亡的焦虑。

"我担心的不是死亡本身，"我告诉他，"而是我经常想到死亡。"他站起来拉开百叶窗，外头的天色已经黑了。

"你说你经常想到死亡，这是什么意思？"

"我一天大概会想个七次到十一次，不太一定。大部分都是在一大早刚到花园工作时，或是晚上临睡前。"

我半是期待地希望他问我有多常想到身体和性爱。我能想象自己和他讨论这个主题的样子，不过先谈重要又较能掌控的主题，会比讨论性爱来得容易。但如果他真的问起，我会说，和想到死亡的频率差不多。一天七到十一次。而且，时间越晚，想到身体的次数便会多过于想到死亡的次数。

如果他问的是植物，那么答案也差不多。我想到植物的次数和性爱及死亡不相上下。然而他问的却是："你几岁？"

"二十二。"

"那么，你会等待死神来拜访你吗？"大概只有老天爷才知道他在想些什么。他拿起酒瓶，在两只玻璃杯里倒了些透明的酒。

"这是梨子阿夸维特酒。"他说。接着，继续前面的话题，"让自己有充裕时间去思考死亡的人并不多。另外有些人是没时间死，这种人越来越多。你显然是个成熟的年轻人。"

"我希望自己在死前有更多经历，先找到自我之后再死。"

"人类花一辈子的时间寻找自我。就这方面来说，你不可能得到最后的结论。但依我看，你不像个快死的人。"他带着微笑说道。

"嗯，人总是会死的，"我说，"大部分的人不是太早，就是太晚，没有人在正确的时机过世。"

"对，你说得没错，我们都会死，但是没有人知道我们会在什么时候死于什么方式。"神父一口喝干杯里的酒，"上帝赐给每个人时间，有些人很久之前便接获警告，其他的则是死神临门才明白，之后呢，我们都会来到以刻钟、以分钟来计算生命的阶段。到了那个时候，我们的处境便全都相同。"

房间里有只苍蝇飞来飞去，发出嗡嗡声响。我听得到但看不到。托马斯神父站起来打开窗户，声响随之停了下来。

"你杀了那只苍蝇？"

"没有，我只是放它出去。"神父说道。

"这么说，对那些活得比我们久的人来说，我们也只能在他们的记忆中短暂停留。"我说。

"不见得，想想歌德吧。"托马斯神父再次为我们加满杯子里的酒。

"对，但是我们不是歌德。"

"你显然是个热情又慈悲的年轻人。"他拍拍我的肩膀，放下酒瓶，坐了下来，安静了好一会儿。

"你该不会是失恋了吧？"

我没想到他会这么问。

"不是的,但是我有个孩子。就因为这样,人才会知道自己终究会死。"

"我懂了。"

我们久久没说话,房间里一片静默。我无从得知这位神职人员在想些什么。

"我想戒酒,"最后,他终于说,"但我还没开始独饮,所以我应该不必担心。"

他又站了起来,这表示我们的小聚会结束了。我同样不是喜欢长谈的人。

"明天我们看《第七封印》,"他说,"继续探索死亡这个主题。"

三十九

又过了两周,我在离宿舍不远的大街巷弄里发现了一间书店。我要找的是本地方言的教材,但我也找到了一张大教堂的明信片,我想,约瑟夫应该会喜欢。我看着放在桌上的几本书,翻阅了其中一两本。就在这时候,我看到一本紫色封面上有一朵粉红色花朵的书,这朵花的花冠形状特殊,让我联想到妈妈的八瓣玫瑰。翻开这本书之后,我发现里头没有图片,只有文字。

"园艺书籍?"我问那个一边打点书店、一边瞄着我看的女孩。她可能是坐在收款机前面那位书店老板的女儿,两人有相同的轮廓。

"不,是小说。"她红着脸回答我。她是我这个年龄层中,第一个和我有互动的当地女孩。

我一直想认识当地人，以便进一步学习村里这种即将消失的方言。当然了，问题在于我独自一个人，安静地在花园里工作，所以根本没有机会练习。

也许我可以在书店里张贴小广告，找个家教学这种语言？说不定老板的女儿在张贴广告之前，会立刻表示她愿意接下这个工作，在每周三下班后教我。

"这样的话，书店在六点打烊，而不是八点。"

四十

虽然我乐于每天到花园去工作，但是托马斯神父坚持要我在星期天休息，所以我必须找点事情做。到了这时候，我已经将玫瑰花坛恢复了原貌、依照花朵的颜色重新排列，也修好了古老小径两旁的矮树篱，清理好花园中央的水池，同时也绑好了大部分得以留在修道院北侧的蔓生玫瑰。在完成下一周的工作计划之后，我便开始阅读从修士图书馆借来的书。托马斯神父每周日的电影时间是安排在下午，这表示我得一个人度过傍晚时间。

虽说我躺在被子下时——应该说是被单和毯子下——偶尔会期望自己能回到一个有人相迎的家中，但我实在不能理直气壮地说我很寂寞。有时我会难以入眠，总觉得白天过得不够完整，我不想立刻结束一天。这和我想象中与人分手一样困难。虽然我不时会想起女儿——偶尔也会想到孩子的妈,但那主要是因为我会同时想到这对母女,想到我女儿躺在她母亲的怀抱里——但我说不上有思念家里的哪个人。我女儿还太小,还不需要我。

我仍然是个外国人,但我开始注意到周遭的生活,村里的各种声音逐渐渗入我,进入我的世界,而其他人的世界不再与我形同陌路。

当我走在路上时,不少村民开始和我打招呼。除了每天和我见面的托马斯神父之外,排在这张名单最上方的是书店的女孩。同时我也慢慢听懂了一些方言。在这里住了两个星期之后,我能听懂经常出现的十个左右单词,到了第三个星期,我能清楚分辨出约莫二十个单词,这些词就像风化地形上的顽强石块般明显。接着,我学会动词的时态变化,试着让别人听懂我的话,由此开始感觉到自己在进步。为了配合数字的练习,我到书店想买十三张教堂的明信片,书店女孩忍不住笑了出来。这时候,她的父亲则是坐在收款机后面,核对方格纸上的账目。她帮我取来明信片,问了个一直困扰着她的问题,她想知道我是否就是负责整理修道院花园的人。已经有好几个人问过我来这个穷乡僻壤做什么了。得到答案之后,她转头对她的父亲点点头,说了几个我听不懂的字。但是我可以感觉得到,他们的疑问得到证实,因为这对父女同时看向我,然后对彼此点头。

我默默记住她说的话,回到宿舍后便查了字典。

"他就是那个玫瑰男孩。"她边数明信片边说。接着,她拿了一个棕色信封装起明信片,折好封口之后才递给我。

四十一

在我和托马斯神父讨论过死亡,又和他一起看过三十三部电影之后——这是根据他在看完关于十五世纪俄罗斯宗教画家的电影《安德烈·卢布廖夫》之后的统计——我觉得我们可以进一步深入讨论,于是我把自己着迷于身体和性爱的情况告诉他。但这并非忏悔罪过之类的告解,也不是想寻求赦免,或是请这位听过无数故事的人给我建议,我只是想对隔壁房间的邻居兼朋友说出一些心底的话。然而,我还是希望自己稍早就做好准备,甚至写了小抄,而不是像现在这样一股脑儿地跳入冰冷的池水中。

"自从我动过割除阑尾的手术之后,我开始对身体着迷,比从前严重得多。"

托马斯神父伸手拿酒瓶。

"你所谓的'身体'指的是什么？"

"性爱。"我说。

"在你这个年纪，对身体着迷并不奇怪。"

"虽然我不是成天想着身体，但我的确经常想起这些事，一天至少会花好几个小时。"

"依我看，一般来说大多是这样。"

我上街时会观察其他人的身体，有时甚至没注意到他们说了什么话。当然，托马斯神父不在此列。他在杯里倒了酒。今天他倒的是血红色的液体。

"有时候我觉得自己只是一具躯体，或是说，我整个人至少有百分之九十五是躯体。"我说道。

"樱桃酒。"他说。他专注地倒酒，接着瞥了一眼放在桌上的录像带。我感觉到他马上要向我推荐电影了。

"问题是，"我说，"我的身体似乎自有主张。除此之外，我只是个正常的年轻人。"

托马斯神父盯着我，端详了好一会儿。接着他站起来整理书桌上的东西，重新放好笔筒，把《圣经》摆在桌子正中央，然后把两卷录像带放回架上原来的位置。

"人有心灵，也有血肉。"他终于说了，"如果我是你，我不会太担心。"他又把笔筒挪回原来的位置，然后加上一句："当然了，要一个二十一岁的年轻人每天晚上陪着一个四十九岁的神父，的确会有点无聊。你不觉得出去走走，去认识一些年纪和你相当的年轻人，和村民交流一下，会给你带来好处吗？"

我还不怎么累，所以出去呼吸一点新鲜空气。我在路上看到一只独行的瘦弱小猫，但是我忍住没去抚摸它。不知不觉地，我发现自己又走到电话亭旁边，而且还正在掏硬币。我有种感觉：我应该是村里唯一使用这部电话的人。

爸爸以宝嘉的猫咪作开场白。在失踪三天之后，他们才发现猫咪死了。它被车子碾过，尸体就丢在花坛上。爸爸还有问题要问我。

"詹妮弗·康纳利[①]是什么人？"

"我从来没听过这个人。你为什么要问？"

"因为她在这个周末要到我们的国家来。"

"你听谁说的？"

"报纸写的，而且刊在头版。"

"我不认识她。"

"你需要钱吗，洛比？"

"不用，我没事。在这里除了拿硬币打电话之外，我用不到什么钱。"

[①] 詹妮弗·康纳利（Jennifer Connelly，1970— ），美国著名女星，曾获得奥斯卡金像奖。

电话讲到一半,我才看到电话亭旁边的步道上有一只死鸽子。它的翅膀少了一截,我立刻怀疑起刚刚那只猫。死动物或受伤的动物一向让我反胃,尤其是有羽毛的鸟类。我走出电话亭才发现那只鸽子没死,它少了一截的翅膀还在抽动。我捡起受伤的鸟,不知该如何是好。捧着它走了几步之后,鸽子的心脏就在我的掌心上停止了跳动。

四十二

隔天早晨,当我正准备到花园去工作的时候,托马斯神父过来敲我的房门,他说,他知道该怎么处理我的状况了。

"《圣经》有一百五十二处讨论到身体,说到死亡的有一百四十九处,提及玫瑰和其他植物的有两百一十九处。我帮你数过了。提及植物的段落最长,无花果树和葡萄藤到处可见,水果和各类种子也一样。"他递给我一张略看得出皱褶的方格纸,上面写了三栏数字。他指出每个字段最下方画了两道线条的总数让我看,以便证实他的说法。这三个数字道尽我内心所需要了解的一切。

"全用白纸黑字写了出来。"他说。身体、死亡和玫瑰,他仿佛在向我介绍一本古老的廉价小说。

"有时间的话,你该读一下。"他补上一句话。他在递给我的纸上用铅笔草草写下一些数字,但是没列出章节名称或是页数。

接着他说:"你去花园之前,我们先一起喝杯咖啡,吃个小圆面包。"

我们走向咖啡馆时,托马斯神父突然想起另一件事。

"有一封你的信。"他说道。他从口袋里掏出一个信封交给我,信封上不是爸爸的字迹,我也不认为他除了用电话之外,还会动笔写下所有想讲的话。托马斯神父指着邮票,问起上面的鸟。

"是雪鸫。"我说。

信是安娜写来的,其中半数信纸用的都是大写字母。我先迅速地浏览一次,然后才回头仔细阅读。她在信中把女儿的近况告诉我,孩子顺利长出六颗牙,另外两颗应该也会马上冒出来。她是个可爱的小女孩,她写着,孩子很开朗,像一道阳光。最后,她婉转地要我尽快打电话给她,还留下一个电话号码,但她要我不必担心,她只是有事情想问我。她随信附上两张弗洛拉九个月大左右的照片。我女儿穿着蓝色的连帽罩衣,风帽是白色的,睁着明亮的大眼睛面对镜头。我看了邮戳一眼,这封信是八天前寄出的。我上次看到我女儿和孩子的妈是在两个月之前,当时我去找她们道再会。

"家里一切都还好吗?"托马斯神父问道。

我看看钟,时间是七点四十五分,这时候打电话回去有点早。我一直到下午结束工作后,才去打电话。

四十三

我自己有些局促,孩子母亲的声音里也听得出少许不安。她表示她即将出国,攻读人类遗传学的硕士课程,但是她必须先完成论文,之后还得去学校面试,为自己和孩子找到住处。

她在想——她的声音突然变得很微弱,害我以为电话马上要断线了——不知道能不能请我在她完成论文和所有准备的这段时间照顾弗洛拉,时间大概一个月左右。她的声音轻得几乎听不见。

"她很可爱,而且很好带。"我听到她这么说。

她的要求让我不知所措。

"我还想,让你们彼此认识一下也不错,"安娜继续说,"毕竟她也是你的女儿,你得负起应负的责任。"

她说得没错,我对这孩子也有责任。我在脑海里回放过上百次那天在温室里的经过,而且总觉得做这件事的一定是某个我不认识的人,绝对是别人。

"我现在没办法回家,"我说,"我至少还得在这里继续工作一个月。"

"我知道,"她飞快地说,"我会把弗洛拉带过去给你。你爸爸说你可以安排自己的工作时间,说你在学某种罕见的方言,正在思考未来。"

原来爸爸是这么说的,我在思考未来,而这其中不包括我的园艺工作。

我试着打出最后一张牌。

"这地方的路很不好走,很难找。我觉得八个月大的孩子不适合跑这段路。"

"快九个月了。"安娜说。

"对,对一个快九个月大的孩子来说。"我说,"下飞机后,你还得换四次火车,然后搭公交车到下一个城市,因为火车到不了这里。而且公交车一天只有两班。"

"我知道,"她低声说,"我查过地图了。弗洛拉不成问题,她真的很好带,你马上就会知道了。带她旅行一点也不麻烦,她饿了就吃,累了就睡,醒来时总是高高兴兴的。再说她很喜欢看人,眼光老是盯着周遭的动静。她从来不曾出国。"安娜这么说,仿佛这是一个九个月大的婴孩必经的成长历程。

不知怎么地，我觉得她似乎已经打定了主意，孩子的妈绝对会带着我那调皮捣蛋、才九个月大的弗洛拉过来找我，而我不可能有机会思考。她显然仔细想过整件事，爸爸一定很支持她的决定，甚至还鼓励过她，就算是他灌输她这个念头，我也绝不会吃惊。我几乎可以听到他说："简单得很，孩子。"

就在我的生命正要毫不费力地开始顺畅推进之际，在花园经过一番大力整顿之后，当我马上要开口用新学到的语言说出基本句子的时候，偏偏就发生这种事。我只有两个选择：答应，或拒绝。我一向拙于做决定，至少在牵涉到"人"和"感情"的时候是如此，更何况这还是个排除其他可能性的最终结论。

"你先想想看，明天再打电话给我，好吗？"她问道。我感觉到她的不安，她似乎很担心，像是已经开始后悔要我打电话给她了。我自己也不太舒坦。女人就是会给你带来这种感觉。她们会在你正要踏入新生命时，突然抱个孩子出现在你面前，要你为这个在错误时机意外诞生的孩子负责。

"我会到车站接你。"仿佛有别人透过我的嘴巴说出这句话，"搭公交车太麻烦。"电话的另一头没有声音，她似乎没料到我会这么回答。

"你不必想一下，然后明天再回答我吗？"

"不，不需要。"我说道。这实在不像我。我完全不知道安娜要派给我什么任务,也不知道该如何照顾孩子,但是我不想让孩子的妈或是我女儿失望。和孩子的妈分担责任才叫公平。若说孩子是我生的,或是我能帮上什么忙,都未免太过牵强,虽然孩子出生时我也在场。

"谢谢你答应得这么爽快,老实说,我不敢抱太大希望。但我实在是无计可施了。"她终于说了。她的声音没比耳语大多少,写信给我应该是她最后的办法。

"还有一件事,孩子的用品我会准备,但是没有婴儿床,你可以帮弗洛拉找张婴儿的摇床吗?就这段时间而已,你可以找张二手床。"

四十四

和安娜讲完电话后,我去敲托马斯神父的门。因为我迟到了,所以他没等我便开始看电影,他为我拉来一张椅子。我开门见山地直说:"有状况了。我必须照顾小孩,是我九个月大的女儿,时间不会太久,可能只有三四个星期。她可以和我一起住在宿舍里,然后白天和我到花园去吗?我的工作量可能会稍微减少一点。"

托马斯神父关掉电视,不可置信地看着我,似乎在怀疑自己是否听错了我的问题。

"我会帮她找一张床,"我补充说道,"只是暂时性的。"七号房里安静了好一会儿。最后,托马斯神父才开口。

"修道院的组织架构里没有孩子的空间,这会影响修道院的安宁和祷告。"

"我不是真的要把她带进修道院里,"我说,"只会待在花园而已。孩子的妈说我女儿在午餐过后会睡三小时的午觉,我在玫瑰花园里工作的时候,她可以留在婴儿车里睡觉。"

"不可以,不行就是不行。孩子会扰乱所有的事。如果孩子含糊发出声音,会有人听到。你觉得贾可布修士会怎么说?"

"只不过是暂时性的。"我重复自己刚才的说法,也发现这个论点实在很没分量。我不知道他为什么要特别提起贾可布修士。

"你会把牙牙学语的孩子带进修道院的餐室吗?让她喝汤,喂她吃婴儿食品?"他看着我,神情中混杂着惊恐和讶异,"这里不是旅馆,是修道院。来到这里的修士,全都是为了侍奉上帝而放弃了家庭生活。你想在这样的世界当中安排一个育婴空间?这里的唯一优先者是基督。"

"但是基督不是欢迎众人齐来吗……"我无力地说,但随即发现自己这番挖苦太不恰当。我觉得自己越来越没立场说话。

"基督说过,也没说过。你难道幼稚到以为自己可以和我辩论神学?"

"来,"他用和缓的语气说,"我们来喝点杏子酒吧。"

他拿起酒瓶和杯子。

"你从来没说过你有个孩子,你只说你妈已经过世,你经常想到死亡和身体。"

"我不可能每件事都说到,但是我想在我们讨论死亡的时候我就告诉过你了。"

"要知道你在想什么并不是件容易的事。"

虽然这件事已经正式结束,但我仍然试着打出最后一张王牌。我掏出女儿的照片给托马斯神父看。我选了她最早、也就是她第一次洗过澡穿着浴袍的那张照片,因为我觉得这张照片的效果最好。她和修士一样,袍子的腰间都系着带子,潮湿的鬈发落在额头上,豆粒般的小脚趾头露在浴袍下摆外头。

他仔细看着照片,我实在猜不出他心里在想什么。

"老实说,我本来以为你对女人没兴趣。我甚至想到你可能会迷恋我。"他带着微笑说,"既然不是这样,那我就放心了,我本来想甩掉你的,现在也不必了。"神父往后靠向他的椅背。对他来说,我女儿的这件事已经定了。他表示欢迎我留下来和他继续看电影,他会把前二十分钟的情节告诉我。这次他换了一个主题:信仰,看的是法国导演戈达尔在二十五年前执导的旧片。

"我们没必要眼见为凭。"神父为这部经典作品定调,"如果有哪个怀孕的女孩说,她没和任何人上过床,这有可能是实情,不见得眼见为凭,除非她对这回事的定义不同。就像那句经文'道成肉身'。每个女人体内都怀着神秘的本源,有圣灵受孕的光辉。"

我把女儿的照片放回口袋里。能说的话不多了。我漫不经心地看了半小时电影,然后起身道晚安。

"别担心,在上帝的协助之下,你的问题自有解决的方式。"他说,"愿上帝与你和你女儿同在。"

四十五

这对母女再过五天就要抵达了。我怎么会同意照顾孩子呢？我究竟在想什么？我来到一个梦想中的花园，种下的每一株植物都能茁壮，而我的生命也逐渐有了眉目。我虽然是个父亲，但是我完全不知道怎么做对孩子才是最好的，我甚至连怎么做对自己最好都不知道。你也可以说，我在还不知道自己是否想要孩子之前，就先有了孩子。

这天，我决定比平常晚一点再进花园去工作。我先去剪头发，从头开始思考自己的生命。理发店的招牌写的虽然是"理发"，但似乎同时也是女性客人的发廊，店里还有三支年代久远的吹风机。店里的女人为我洗头，花了不少时间推抹洗发精，缓缓地按摩我的耳朵和头皮。她有一头黑发，她说，店里有两个人轮班，接着又说我的头发很浓密，她在街上看过我几次，注意到我的头发。最后她才问我想将头发剪多短。剪头发时，我想的是安娜，我在两个月前和她大概只见了十分钟的面，当时是在走廊上和她道别，而在那之前，我在产科病房勉强算是见过她。其实不只这样，因为我在几次出海工作之间曾经去探望过我女儿，上次，我还带了一个玩偶和一些西红柿给她们。

然而老实说，我没办法形容我女儿的母亲。在面对陌生人，比方说警察好了，假如出了什么事，孩子的妈没从火车上下来，那他就不可能从我的叙述中辨认出孩子的妈了。

"她的鼻子是什么形状？"

"我不确定，就女孩的鼻子吧。"

"你能详细形容她的外貌吗？"

"没办法太详细。"

"她的嘴巴呢？"

"中等大小。"

"中等大小是什么意思？嘴唇长什么样子？"

"大概算厚吧。"还是我该说"樱桃小口"？我试着回想她在产科病房里沉睡的面容。

"眼睛的颜色呢？"

"我不确定，应该是蓝色，要不然就是绿色。"

于是我试着唤醒一些私密记忆，比方说温室的光线和她映着叶脉纹路的身体。

我觉得有必要预演一下这场意外闯进我生命的新状况,于是我告诉理发店里的女人:我九个月大的女儿和孩子的妈会过来看我。女人点点头,表现出一副完全理解的样子。我立刻后悔了,我不该透露这个不必说的消息,这事说不定会石沉大海,根本无人关心。

我顶着刚剪的新发型走到阳光灿烂的广场上,让头发自然风干,这段时间也正好够我平复情绪。路人都看着我,也许他们不习惯看到一头湿发的男人走到街上来,我想再过几天,我不会再是那个玫瑰男孩,而是推着婴儿车的外国人。

傍晚,我结束花园的工作回到宿舍,看到托马斯神父在大厅里等我。他毫不犹豫地问我:"你和你女儿要找个公寓吗?"

"我和一个好心的女人谈过话,也帮你说了些好话。她可以让你住在隔壁那条街上的公寓里。"他说。

"只是暂时性的安排?"我说。

"是啊,就是临时的安排,我也是这么告诉她的。你说你女儿会在这里住多久,四个星期吗?"

"对,最多四星期。"

"那个公寓有家具,通常没人住,你只需要负担燃气费和一些杂费。"

他表示我可以在隔天去看公寓。

在我向他道谢之后，托马斯神父显然还有些不吐不快的话。他说，到目前为止，修士们对我在玫瑰花园的工作表现都非常满意，同时，他们也完全了解我的状况有了临时的变化，希望在情况许可之后，我能尽快回去工作。

"如果你能找到人帮你带孩子，就可以回到花园去。你不是说小家伙会睡午觉吗？马丁修士表示他赞成你种爬藤植物，但是他和贾可布修士都担心爬藤会带来虫子，爬进修道院里。他要我提醒你，他的房间在南侧，对花粉过敏的史蒂芬修士也住在同一边。"

四十六

离开爸爸的房子之后,我的第一个家位于一栋薄荷绿建筑物的二楼。这栋楼所有的公寓都隔成了长条形,也都有两间相连的隔间,高度令人咋舌的天花板和小小的公寓完全不成比例。

"六米高。"当我抬头看天花板时,那个女人伸出指头,比出"六"给我看。和餐厅相通的卧室里有一张雕花双人床,壁纸的底色是褐色,上头有白色百合花的图案,床头的墙壁上还挂着一幅看似古董的画作。

"画的是逃出埃及的故事。"女人终于解释了。这些家具有可能是某座古老大宅的收藏品。这地方很干净,光线也好,除了卧室五斗柜上的两尊上色石膏像——一尊是顶着光环的驼背老者,另一尊是穿着袍子、抱着一个小孩、头上同样有光环的修士——之外，没有什么个人色彩。

"那是圣约瑟和帕多瓦的圣安东尼。"女人告诉我。她说，这间公寓的屋主是她妹妹，搬走时带走了大部分的私人用品，所以里头几乎什么私人物品都没有。

另一间房间比较大，看起来有点像起居室、餐厅和厨房的综合体。女人说，里头的沙发可以拉开当床用。

"如果真的有必要的话。"她上上下下地打量我，神父对我如此照顾似乎令她相当惊讶。

而这个女人说出的低廉房租，让我以为她搞错了价钱，事实上，我付的几乎只有燃气费。

"燃气费要外加。"她补了一句。

公寓里到处都有镜子，我总共数到七面。镜子让公寓显得比较大，营造出迷宫的感觉，有那么一瞬间，我以为我身边站了三个女人。虽然我对九个月大的婴儿没什么经验，但我认为她可能会觉得镜子很有趣。

"这只是短期安排。"我说。

"托马斯神父也是这么说的。他说时间大概是六个星期，你会带个小孩一起住。"她谨慎地打量我，说不定她觉得我不像个父亲？

我转头看身边的镜子，和一个刚剪过头发、眼神焦虑的男人四目交会。虽然这可能是对抗孤独的解药，但一天到晚面对镜子难免有些奇怪,似乎得不停地想到自己。

女人表示愿意借我一些寝具,我不确定她是要马上拿过来,还是稍晚再来,但是我仍然不敢离开公寓。

她离开之后,我躺在床上,发现卧室六米多高的天花板上有湿壁画的遗迹,画的是长了翅膀的天使盘旋在苍穹的蓝色洞口。而在这一片蓝色的天空中,有一只少了一边翅膀的白鸽。我站起身,再一次地在公寓里走动。我看到桌上的花瓶里插着塑料花,对我来说,除非有真正有生命的花,否则这地方不能称之为家,于是我拿起花瓶,放进厨房的空壁柜里。

这时,女人抱着一叠整烫过的床单回到公寓,她问我的第一句话是:"那瓶花到哪里去了?"

我走到壁柜旁拉开柜门,把整瓶塑料花交给她,什么话也没说。她接下花,重新摆回桌上,不偏不倚地放在原来的位置上。女人离开之后,我手上拿着三把钥匙,独自一人站在我第一间公寓的门口,接着,我又把塑料花放回壁柜里。我拉开卧室的窗帘。双层的红丝绒窗帘布料上有交织的图案,依我看,应该是火焰百合。我觉得窗帘应该是从某幢大宅拆过来用的。结果我的推测没错,翻开窗帘之后,我看到窗帘有改短重新缝过的痕迹。另外我还发现,落地窗的外头有个装了扶手的阳台,我想阳台上应该可以放得下一张凳子和四五盆植物。

四十七

极不寻常地,我的邻居选了被遗忘的好莱坞明星当作这个星期的电影俱乐部播放主题。我决定放弃那部将简·惠曼推上明星宝座的电影,改去刷洗公寓。我觉得自己有必要在我女儿和她母亲抵达之前,将公寓打扫干净,于是到店里买了柠檬香味的清洗剂。这是除了书和明信片之外,我第一次在村里购物。

在我的想象中,这里该是个能让孩子穿着裹腿裤在地上爬行的地方。到现在,我那九个月大的女儿应该能爬了,对吧?我这才想到自己早该问安娜,看看孩子是不是已经会爬了。我用燃气灶煮水,利用等待的时间在公寓里转了一圈,纳闷地思索这地方是否像个家。除了用植物来填补之外,我想不出更好的方法。我对本地的店铺不熟,所以花了不少时间才找到种花用的陶土盆。最后我带回康乃馨、绣球花、百合和一朵我从花园剪下的玫瑰，另外我也没忘了迷迭香、百里香，还有罗勒和薄荷。我把这几盆植物放在阳台边上。接着我得为新家买些必需品。我有些疑问还没得到解答。火车下午会到，孩子的妈会在火车站把我女儿交给我，然后搭下一班车离开，还是会跟我们回来检查公寓的状况？会不会留下来用晚餐？如果会，我们是不是该坐在餐桌旁正式用餐？我来到这个村庄已经有两个月了，这期间从来没下过厨。我决定做好妥善的准备，先假设孩子的妈会留下来用餐。安全起见，我同时也先假设她会留下来在沙发床上过夜，隔天再搭火车离开。我虽然在电话中假装帮爸爸回忆妈妈的食谱，但是我对烹饪的知识相当有限。从前在家时，我虽然会在厨房里陪妈妈，但是我从不下厨。我对烹饪的初体验发生在我出海时，当时，我们没办法把厨师从床铺上拖来下厨，于是我被迫放下杀鱼的工作转任厨房；原来的厨师是个有拉丁血统的天才，他本来为船员准备的是油滋滋的炸肉丸子和糖醋排骨，而我呢，什么也煮不出来。当时，排骨肉已经预先裹上了面包糠，糖醋酱又是瓶装的酱料，我只需要把糖醋酱倒进锅里就成了。接着，我又用这些酱汁煎蛋——这个创意来得恰到好处——所以大致上没听到什么抱怨。而平时，约瑟夫肚子饿的时候，我也会为他煎蛋，他本来就不会抱怨，也从来不曾质疑我做的任何事。我的烹饪知识大抵如此。

但是，九个月大的孩子要吃什么？如果我女儿有两颗上牙和四颗下牙，她能吃捣碎的肉吗？还是仍然只能吃糊状的婴儿食品？我努力回想自己可以不费太多工夫做出哪些料理——最后终于想到了，若是能找到基本材料，我可以准备酱汁肉丸。

四十八

我女儿和她母亲到达的前几天,我拉长工作时间,天黑才收工。到了最后一天早上,我换了另一种角度探索这个小村庄:我要找卖食品的店铺。我快步走到商店集中的街道上。面包店在肉铺的隔壁,卖蔬菜、水果、豆子、果酱和咖啡的店在对面。肉贩背后的玻璃柜里陈列了一整排的香肠、橄榄和各种各样的腌渍食品。教堂前面的广场上有人贩卖芝士、生火腿和蜂蜜。我从肉铺开始,但是没看到有人卖绞肉,于是我指着陈列柜里一片浅红色的肉片。

"那是小牛肉。"肉贩告诉我。我松了一口气,还好不是猪肉。我想到了爸爸。

"对,好极了,我要两磅。"我毫不犹豫地说。

肉贩把整条肉重重地朝切肉板一扔,用锐利的刀子切下八片，刀身流畅地切穿带血的肌肉，他一边切还一边看我。接着，我鼓起勇气指着一碗看起来十分可口的浸泡食材。

"四分之一磅。"我用毫无瑕疵的方言说，因为排在我前面的女人也是这么说的。

"四分之一磅？"肉贩扬着眉毛问道。我感觉到店里的其他三个客人也同样瞪着我看。接着他用漏勺捞起浸泡的朝鲜蓟放在厚蜡纸上，然后以迅雷不及掩耳的速度折起蜡纸的四个边，将朝鲜蓟丢到秤子上。

当我胳膊下夹着购物袋回到家时，我看到马库斯修士和保罗修士抬着一张白色的婴儿小床，远远地走在我前方的楼梯上。他们转个身走到二楼，看到我，似乎松了口气。楼上楼下的邻居都走到外头来看这两个穿着白色连帽修士袍的搬运工。

"我们帮你带了一张床过来，你想放在哪里？"

我不记得曾经向托马斯神父说过我需要一张婴儿床。我放下购物袋，找出公寓的钥匙之后，立刻帮修士将小床搬进公寓，放在卧室里。马库斯修士和保罗修士婉拒我的喝茶邀约，在两人离开之后，我拿出购物袋里的东西放在厨房的桌子上。我总共买了两磅土豆、八片小牛肉、四分之一磅腌制朝鲜蓟、一瓶水，另外还有牛奶、橄榄油、一罐蜂蜜、一些芝士、一瓶盐和一瓶胡椒。

我女儿和她妈妈下午会到，我在这天早上去了趟花园，剪了一把玫瑰花插在原来插塑料花的瓶子里。接着,我去敲楼上邻居的门,向满头银发的老妇人借来她的熨斗。她有点惊讶,但仍然把东西借给我。我烫好从家里带来的唯一一件衬衫——也就是我女儿弗洛拉出生时我穿的同一件衬衫。

我女儿和她妈妈会在五点钟抵达,可是我只能呆站在我刚买来的肉片前面,不知如何是好。最后,我决定去找肉贩,请他教我该怎么处理半个钟头前买的肉。这时我身上已经穿上了白衬衫。

听到我的问题,他一点也不惊讶。

"小牛肉吗?"

"没错。我买了两磅。"

"对,八片,够五个大人吃。"他说。

"是啊,总共有八片。"我说道。我的方言进步了,能用简单的句子对话。

"先热好锅子,"他说,"然后加四匙油,用油来煎肉。先煎好一面,再翻过来煎另一面,最后撒上盐和胡椒。花不了多少时间。"

"要多久?"我问道。

"每一面煎三分钟。"

"酱汁呢?"我问。

"煎好肉之后,把红酒倒进锅里滚一下。"

"滚多久?"

"两分钟。"

"调味料呢?"

"盐和胡椒。"

四十九

她抱着我女儿走出火车，月台上人不多，这对母女不免格外显眼，也招来不少目光。弗洛拉穿着粉红色花连衣裙、裤袜和粉红色的鞋子，加上一件毛衣。她长大了，不再是个小婴儿。她的黄色帽子在下巴打了一个结，前额上垂着两绺鬈曲的金发。我盯着孩子——这个因为我们一时肉体欢娱而带来的结果——这才想到，我有两个月没看到她了。她睁着水汪汪的蓝色大眼睛回看我，有些好奇，也有些犹豫。安娜穿着蓝色夹克，头发绑成了马尾辫，经过这段旅途，她显然很疲倦。虽然天气很热，我只穿着一件衬衫，但我觉得她可能有点冷。看到她下火车，第一个浮上我脑海的念头是：我真该更深入些认识她。换作三年前，我走在街上，绝不会注意到像她这样的女孩，但现在不同了，因为我已经不是同一个人。这对母女上上下下地看着我，我穿上烫过的衬衫，剪了头发，看得出已经尽了全力。我在安娜的脸颊上亲了一下和她打招呼，对我女儿微微笑。孩子咧开嘴回我一个笑容，她的脸孔犹如白瓷，玫瑰色的双颊上各有一个酒窝，这孩子给人一种明亮又开朗的感觉。我的女儿朝我伸出手来。孩子的妈惊讶地看着她，接着望向我，看到女儿毫不犹豫地认陌生人当父亲，安娜似乎非常惊讶。然而她仍然把女儿交给我。孩子像羽毛般轻盈，最多和只初生的小狗一样重，全身软绵绵的。她跳向我的怀抱，让我轻抚她的脸颊。

"她不怕生，"孩子的妈解释，"她信任陌生人。"

我该自问的是，两个完全陌生的人怎么可能在简陋又不合时宜的温室里孕育出一个这么美好的孩子。我几乎觉得罪过。世上有那么多人照章行事，先中规中矩地追求，慢慢存下所需，建立关系，一直到足够成熟，可以处理分歧的意见、支付该付的款项，然而，他们仍然没办法生出一个梦想中的孩子。

从火车站到村庄的车程有十五分钟。我的柠檬黄小车虽然有两个月没有发动，但仍然不负使命，安全抵达目的地。

"这里好漂亮，真是太不可思议了，"我们接近村庄时，孩子的妈这么说，"虽说比我想象的偏远。"

我向她解释，从这里开始都是上坡路，而且我们得用走的。

我告诉她："我租的公寓在教堂的后面。"我指着坡道上方的村庄和我新找到的家。修道院在远方，但我觉得现在不是讨论玫瑰花园的好时机。

安娜带了一台折叠式婴儿车，我们拉开婴儿车，把行李放上去，接着我从当初旅馆老板给我的箱子里拿出一瓶酒，准备做佐菜酱汁，在婴儿车下面的隔层上又多放了两瓶。我忘了自己有这箱酒，现在才想到应该送托马斯神父一瓶。我抱着女儿爬坡，她好奇地四处张望。路上我偷看了身边的女孩好几眼，她的侧面轮廓很漂亮。

"你有没有索雷古的消息？"我问道。我为什么要问起索雷古？

"没有，自从一年半前我们在你生日派对上丢下他跑掉之后，我就再也没有他的消息了。"她笑着说。

听她对这个愚蠢的问题报以笑声，我着实松了口气。她水蓝色的双眼也映出了笑意，让我感到很放心。她的笑容很迷人，要喜欢她并不是件难事，我虽然意外有个孩子，但至少我乐于有她当我孩子的妈。这对母女踏下火车才三十分钟，但这已经足以让我想告诉孩子的妈，让她知道我愿意当她的朋友，愿意和她一起筹划孩子的生日派对，甚至愿意在每年的复活节前夕到她家——不是她丈夫家——整理花园。但我随即发现这不是个掏心掏肺的好时机。

我没问她是否要搭火车回去，而是告诉她我准备了晚餐，用这个方式来邀请她到我家一起用餐。稍早，我已经煎好牛排，煮了马铃薯，现在只差调味的酱汁。

"算是个了不起的成就了，"我说，"我平常不下厨的。"她又露出温暖的微笑。

走进公寓时，孩子的妈似乎有些吃惊。

"这个公寓好极了。"她的说法好像是某个童话故事的台词。她走进卧室，伸出指头抚过壁纸上的火焰百合。当她看到厨房，在我为她拉开阳台门时，她说："到处都看得见花。"从她的语调中，我听出一丝感动。孩子的妈和我女儿走进我的住处，我立刻想营造出家的气氛，一切仿佛也变得更明亮，屋里充满了光线。

"你确定这么做行得通？"她左看右看地问道。我看不出她心里在想什么。

我仍然抱着孩子，女儿的下半身开始往下滑。我猜，她应该是要换尿布了。

"嗯，我弄来一张婴儿床。"我一边解开女儿的帽子一边说。她长出一些金发了，鬈发绺主要集中在前额附近。我飞快地瞥了镜子一眼，想看镜子里我女儿和我在一起的样子，她的五官太小巧，实在很难看出我们父女的相似之处。我摸摸她的头。

"她的耳朵和你一模一样。"孩子的妈这么说,这位未来的遗传学家打量着我。

她说得没错,我们的耳朵有同样的线条和弧度,耳垂也相同。我比较孩子和安娜水蓝色的双眼,这对母女只有樱桃般的嘴型相像。但除了耳朵和嘴巴之外,我们的女儿最像的似乎是她自己,她仿佛和我们有不同的血统。尽管如此,我仍然在她身上看出我妈的神韵,也许除了酒窝以外,我说不上她们哪里相像,但我绝对不会让爸爸称心如意,把酒窝这个特征告诉他。另外就是,无论外头的天气如何,只要有妈妈在,总是会让人觉得阳光普照。不知道为什么,妈妈天生就是容光焕发,在照片里看起来就像是有闪光灯照亮她,即便是团体照,也只有她的双颊绽放着光彩,让人以为照片过度曝光。妈妈的头发和我女儿一样有光泽,仿佛撒上了金粉,笑容灿烂,我承认我特别在意妈妈,不管是她还在世的时候或现在。我带着稻草般的红发出世,而我的双胞胎弟弟则有一头深色的头发,皮肤的颜色较深,双眼是棕色的。突然间,我好想让安娜看看我妈的照片,但是我晓得这时候向她炫耀孩子拥有我家人的基因并不恰当,因为她马上要和孩子道别,情绪一定很低落。

"她特别好带,又很乖,"孩子的妈说,"总是高高兴兴的,心情好得不得了,醒来会笑,晚上睡得又香又甜。"

我们离开厨房,走进了卧室。

"你的视线一秒钟都不能离开孩子，"她继续说，"她最爱爬来爬去，而且很好奇，她可能会爬进柜子里或是床下，要不然就是玩插头。虽然她比其他同年龄的孩子早熟，但还是很顽皮。"

"我写了一张清单，"她说，"列出你得注意的事项。"她拿出一张折好的纸。"包括她能吃和不能吃的东西。"

"有不能让她吃的东西？"

"食物当然得事先仔细磨碎，她已经长了六颗乳牙，另外还有两颗正在长。"

接着她打开装婴儿用品的尿布袋让我看看里头的东西，让我练习帮女儿换尿布。我把孩子放在双人床上。

"换尿布的时候不必脱掉她的毛衣。"孩子的妈一边示范，一边告诉我。

我掀起孩子的花连衣裙，脱下她的裤袜，接着看到像是内衣裤的连身衣，我又解开连身衣的两颗扣子，最后就只剩下尿片了。我女儿咧开了嘴大笑，开始边喷口水边忙乱地发出声音，最后几个音节听起来很像是：爸、爸、爸、爸。

"她不是在喊爸爸，只是在练习辅音的发音。"安娜突然说话了，我听得出她的声音带着笑意。至于孩子呢，她可能累了，但是她看起来精神不错，而且喜滋滋的。

我拿下尿布。错不了，她是个女孩。

"你不必每次都帮她撒痱子粉或抹乳液。"安娜解释道。她站在我旁边,体谅地看着我。我将连身衣稍微往上拉,好看看她鼓起的小肚子。她的肚脐有点凸,衬在圆滚滚的肚皮上,像极了大钟的尖顶。她的鼠蹊有个胎记。位置和我的胎记一模一样。所以,孩子遗传到父系的两个特征:耳垂和胎记,如果把我妈妈的酒窝也算进去,总共有三项。我忍不住弯腰朝她的肚子轻轻吹气,孩子咯咯咯地笑了出来。接着我往上亲吻她的上腹部。孩子好香。我不太确定孩子的妈怎么看待我的举动,她的表情不容易解读,但看来似乎要落泪。

"你从前有没有照顾过孩子?"安娜问道。她看着我的样子,好像立刻要撤回自己的决定。

"没有。"这是真的,我不认为我该在这时候说出来,可是到现在,我仍然会牵着有智力障碍的双胞胎弟弟的手。

"但是我觉得没问题。"我说。

在我帮孩子换过尿布之后,我女儿朝我伸出手,对着我微笑,我也回以笑容。接着她伸直手,看得出腹部开始使力。她停止微笑。事实上,虽然看不见眼泪,但听得见她开始呜咽。最后她转个身,自己坐了起来。

"她想要你抱。"孩子的妈为她翻译,显然放了心。我弯腰将孩子从床上抱起来。

接着安娜示范婴儿车的使用方式。车子有两种调整方式,一种可以让孩子坐直身子，看周遭的人。孩子的妈表示弗洛拉对身边的人很感兴趣。另一种方式，她一边示范，先按下按钮，然后将婴儿车的底架往上推，就成了弗洛拉的婴儿推床。我点点头，这看起来一点也不难。我不确定自己看懂了，但无论如何，当孩子睡着时，我一定会有时间练习，把调整方式摸清楚。

"我帮她带了三个奶嘴。"孩子的妈告诉我。她把粉红色尿布袋挂在肩膀上，教我怎么背着袋子走动。接着她还得教我怎么使用袋子。这是个软袋，有无数个侧袋和隔层，可以放备用尿布和裤袜，还可以装乳霜、备用奶嘴和湿巾，安娜告诉我，这个袋子还可以完全打开来铺平，当作临时的尿布垫。孩子的妈花不到九个月的时间，就学会了这些技巧。这位未来基因专家的专业技术让我心生敬畏。一个攻读生物学的年轻女人，怎么可能在如此短暂的时间内，摇身一变成了人母？

"你最多只要照顾她四星期。"她说道。但是她的表情却像是明白表示，她没办法接受这件事。"如果一切顺利，三个半星期就可以解决了。"

"别担心。"我说。

"你确定你应付得来？"虽然我已经违背理智向她确认过两次，但是她仍再三询问。我一把抱起女儿，让她看有多轻松，我可以自在地和女儿独处好几个星期。这时女儿让我一抱，便咯咯地笑了出来，并用手掌拍打我的脸颊，很显然知道自己的职责所在。

"她很温和，老是想拍别人。"孩子的妈又解释了。

"爸——爸。"我女儿边说话，边把头靠向我的肩膀，埋在我下巴底下。

"我得先忙我的论文，之后还得找房子，申请学校。如果你有问题，可以随时打电话给我。"她递给我的纸条上写了两个电话号码，"如果我不在，就留言给我。"她的脸上又出现了泫然欲泣的表情。

这时，我想起我花了大半天时间准备的晚餐。

"我准备了晚餐。"我又说了，但是我没问她火车几点离开。

"谢谢你。"她松了口气回答我。

晚餐是稍早准备的，所以我得将肉和马铃薯重新加热，然后准备红酒佐酱。我忘了问肉贩该准备什么配菜，于是我只好用清水煮了些马铃薯、红萝卜和包心菜。接着，我拿开玫瑰花瓶，在餐桌上摆了三个餐盘，一边放两个盘子，对面则放了一个。这对母女看着我。安娜拿出一个孩子用的杯子和鸭嘴盖，放在两个并排盘子的其中一个上头。

"除了绞碎或切成小块的肉之外，弗洛拉没办法吃肉。"她说。

结果，孩子的妈吃了两人份的晚餐，为此感谢上帝的赐予。她显然是饿了。

"真好吃。"她说。

我们还喝了些没下锅当佐酱的葡萄酒。我离家时，爸爸为我准备了甜点，但这会儿我却没准备。

"我搭明天早上的火车离开，方便让我在这里过夜吗？"她闪避我的眼神问道。"我可以睡沙发。"衡量过公寓里的摆设之后，她很快地补上这句话。

我把床让给这对母女用，自己睡沙发。安娜把孩子放在床上，为她换上小狗图案的连身睡衣。她在我女儿的脸上搽了些面霜，帮她刷过八颗乳牙，拿一把沾湿的软梳将落在孩子前额上的头发往后拨。接着她才把孩子抱过来让我亲吻并道晚安。孩子自己把奶嘴塞进嘴里，我看着她把头靠在她妈妈的肩膀上，母女一起走进卧室。

我洗过澡之后，安娜出来打个招呼。她说累了，想和孩子一起先睡了。

"谢谢你准备丰盛的晚餐，"安娜说，"也谢谢你没有犹豫，同意照顾弗洛拉。你真的帮了我一个大忙。"接着，她向我说晚安。

"晚安。"

"晚安。"

这种感觉很奇怪，这对母女就睡在我隔壁的房间里，这和九个月前在产科病房的情景一样，我们三个人同睡在一个屋檐下。我不知道在这天晚上外出是否恰当，但是我不想让安娜一个人和孩子留在公寓里。在一片漆黑中摸索在玫瑰花园周围也没什么意思。即使我想到托马斯神父的房间里看电影，来杯黑醋栗酒，但看看时间，我知道电影已经播到一半了。

五十

第二天我早早就醒了。之前我买的是昨天晚餐的食材，现在则得去买早餐。这是两个月以来我首次没到花园去工作。

我不太知道该买些什么，但是我买了一袋子的咖啡、茶、面包、牛油、香蕉、芝士和燕麦片，最后还添了两个小圆面包。牛奶则是前一天早已准备好的。

当那对母女神清气爽、脸颊嫩红地走出卧室时，我已经准备好麦片粥，这是我从爸爸那里学来的，他一向会帮我和约瑟夫准备麦片粥当早餐。

安娜身穿印了字的浅蓝色T恤，戴着眼镜，绑起了马尾。我没料到她在早上醒来，身上会穿着胸口印了两个字——我猜是芬兰文——的浅蓝色T恤。她把女儿交给我。弗洛拉前额正前方别了个发夹。

我们三个人一起坐在桌边吃早餐，像是一家人。女儿张大嘴巴吃下每一勺我喂给她的食物，仿佛一只饥饿的雏鸟。我把剥了皮的香蕉递给她，孩子用双手抓住香蕉，不需要帮忙，自己吃了起来。

"乖孩子。"我说。

弗洛拉吃完香蕉，黏答答的指头朝我脸上抹过来，我亲吻她的小手。

我可以感觉到安娜的心情比昨晚好了，应该是睡得不错。比起昨天体恤的态度，她今天早上显得有些冷漠，似乎没注意到我也坐在桌边。

"衣服上写的是芬兰文吗？"我问道。我指的是她的T恤。

"对，生命科学会议。"她带着微笑回答。接着她站起身，走进卧室打包行李。

"我搭十一点钟的火车。"她说。

我抱着女儿坐在桌边。

当安娜再度出现时，她抱住孩子。孩子笑着说："妈妈。"安娜不要我们陪她到火车站，她表示要自己搭巴士过去。

"她可能会哭。"安娜这么说，当作解释，"虽然她平常很乖很讲理，但难免也会喜怒无常。"

"我懂。"我回答。我女儿把脸颊贴着我的脸，伸手摸我刚刮过胡子的下巴。

"我三四个星期之后再过来,最多不会超过一个月。"她说道。

"我说过了,别担心。祝你一路顺风。"我不想让她察觉我的不安。她亲吻了孩子,接着在我的双颊上各亲了一下。孩子知道要怎么挥手道别,这对母女都没哭。

"我相信你。"她说。

"别担心,"我说,"我会好好照顾她。"

孩子再次朝她妈妈挥手。

我才刚关上门,就听到敲门声。我抱着弗洛拉开门。

"我忘了一件事。"安娜站在门口说,一边拉开行李袋的拉链,拿出一个包裹。

"这是你爸爸托我带过来的,当然了,他说他爱你。对不起,我差点忘了。"她把软软的包裹交给我,爸爸用的是圣诞礼物的包装纸,上面还有个卷尾的蝴蝶结。我的睡衣当初好像也是用同一张包装纸。

我接下包裹,换手改由她抱我女儿。她亲吻女儿的脸颊,紧紧拥抱她,仿佛两人已分隔许久不曾相见。她将行李放在走道上。我真想找出个方法,避免在安娜面前拆开包裹,但看到孩子好奇地等待,以及她们母女都睁大眼睛等我打开包裹的样子,我实在没得选择。包裹里是一件适合两三岁孩子穿的蓝色针织毛衣,图案是黄白两色条纹。爸爸在包裹里附了一封信,说明这件毛衣不是要给我的。"你应该猜得到,"他信上写着,"毛衣是你妈妈打的,其实你们双胞胎三岁生日时一人各有一件,这件应该是要给约瑟夫穿的,因为你太调皮捣蛋,常把衣服扯破,而你弟弟很特别,从来不曾弄坏任何东西,不管是衣服、书本或玩具都一样。"他在信上写道:"因为你受到幸运和奇迹的眷顾,和一个漂亮的女孩生了个可爱的孩子,这件毛衣终于可以派上用场。这个家人间的小礼物一定会让你过世的母亲觉得很快乐,同时,也可以在孩子和她父亲家人之间筑起桥梁,礼物的象征意义大于一切,我想,南边的异国海风和煦,她应该穿不到这件衣服,再说,衣服对她来说也还太大。"他在信末写下祝福,希望我女儿能穿着这件由一名好女人在十九年前为她的三岁孩子编织的毛衣长大,这会让孩子还在世的爷爷和过世的奶奶感到无限的快乐和喜悦。包裹里还放了一本妈妈手写的笔记簿,是她的食谱。

"我影印了一份留下来,"爸爸写道,"把正本给你。"我翻开老旧的笔记,迅速地翻过页面,其中有许多页都已经松脱了,里头主要是饼干食谱,但是我也看到加了面包丁的鲜奶油巧克力汤。

"你爸爸偶尔会来看我们,"我女儿的妈在门口移动脚步,说,"他很特别,弗洛拉很喜欢他。"

原来爸爸会去探视孙女和孩子的妈,只是没告诉我。

"我们也去看过他几次,"安娜说,"他给我看过你五岁时穿着长筒雨靴的照片,你长了满脸雀斑。你爸爸还留着你学校里的照片和考试成绩单。"她似乎真心喜欢我爸爸。

"再说一次,他是怎么喊你的?他好像常用小名叫你,像是洛比、阿迪、达比?"

"是啊,没错。当他想和我讨论我的未来,希望我照他的意思去发展时,他会喊我达比。"她笑了,我们都笑了。我松了口气,她也一样。

接着,我再一次和安娜道别,祝她旅途愉快,再度告诉她不必担心。当个男人,就是要有本事让女人别担心。

安娜离开后,我把女儿放在双人床上,打开她妈妈一起带过来的行李,把东西放在衣橱的架子上。

孩子的妈帮她带了棉质的连身衣和裤袜、好几件T恤、裤腰和裤脚有松紧带的软裤、一叠小到不可思议的长袜,还有毛衣、帽子、两件连衣裙,和我看过最小的厚夹克,这些干净的衣物全都折得整整齐齐。另外就是玩具、娃娃、三个动物布偶、一幅拼图和一组字母方块。我女儿在床上翻个身,摇摇晃晃地爬向床边。然后她的双腿向前,像蜥蜴或战斗营里的丛林战士般倒着溜,脚尖先碰到床沿,小心翼翼地滑下床去。

"太棒了。"我大声说。

她站在床边,咧嘴笑了开来,用正在学习走路的双腿摇摇晃晃前进,胖嘟嘟的膝盖下方看起来像是有个酒窝。

尽管我用柠檬清洁剂打扫过公寓,我还是不放心让她在地上爬。地板很冷,而且我担心她把随手拿到的东西塞到嘴里吃。

"不可以,不行,"我说,"不能在地上爬。"

我抱起女儿放到床上,让她像只小狗般俯趴在双人床上。

"在床上爬。"我说。我的指令简单明了,句子限制在几个字以内,最多是主语、谓语加上宾语。接着,我用几近耳语的音量重复这几个不熟悉的字眼,这些字似乎也是对我自己的崭新定义,仿佛从现在开始,这些字会成为我新生活当中的精髓:"爸爸的女儿爬过来。"

孩子重复玩着这个游戏,双腿往前伸,又溜到了地上。

我再次抱起弗洛拉放到床上,用双手环住她的腰。孩子自动趴好,全速爬向床边,接着又翻个身,垂下双腿溜到地上。她花了三十秒重施故技。到了第四次,我抱起她放在床上,她累了,也烦了。她玩够了这个游戏,开始恼怒我对她自由跑动和探险活动所设下的限制。而我呢,我也累了。孩子的妈才离开二十分钟,我已经不知道该拿孩子怎么办才好了。九个月大的孩子难道不能自己慢慢活动吗?我想,也许她该睡个觉。孩子的妈说,我女儿在下午会睡三个小时。我是不是问过多久要帮孩子换一次尿布,还是我忘了?她有没有回答?现在是不是该换尿布?

五十一

半个小时后,又有人来敲门了。我以为是我的邻居来要回我昨天忘了还的熨斗。结果,来的还是安娜。

她提着行李,犹豫不决地站在门口。

"我只是在想,"说话的时候,她垂下双眼看着地板,"当然,假如你不反对的话,"她继续说,为接下来的发展铺路,"我应该也可以在这里写完论文,没必要离开。在你们父女彼此熟悉的这段时间陪着你们,这样对弗洛拉也比较好,我是说,她认识你时,我若在场会比较好。当然,假如你不介意的话。"她的语气中听不到自信,她太沮丧了,因为她不想离开。

她很快地说:"当然我会睡在客厅的沙发上,你们父女可以用卧室。"接着她犹豫地往前走,抱起正在玩字母方块的女儿，似乎想强调孩子不能没有她。然后，她抱着孩子往后退了几步，来到门边，她一方面想等我回答，另一方面，我也还没有正式邀请她进屋里来。严格来说，她已经把孩子交给我了。我女儿用了然的表情看着她母亲，我觉得孩子应该是想表达支持之意，这对母女站在门边望着我，等着看我做何反应。

"我也可以去住旅馆。"她看着地板说。她喉咙和后颈的线条好漂亮。

"无论如何，我白天都会待在图书馆里。"她又说。

我能够体会她的感觉，而我唯一能做的是让她安心，于是我伸手碰碰她的胳膊。一会儿后我才说："你可以留下来。"我的声音微微颤抖。

就这样，在我开始思考自己的生命是否马上要出现变化之前，我便结结巴巴地做出允诺。

"太谢谢你了。"她轻柔地说，"但是你要确定你真的不介意。"她明显地放下一颗心，显得很快乐。

我先是把床让给她，自己在沙发上过了一夜，而这会儿呢，却像是我主动开口邀她在我家住下来写论文。也许我该问问自己，到底找来了什么麻烦？这代表什么？她要和我及我女儿生活在一起，教我怎么带孩子？然而在我的内心深处，我却感觉到一股奇特又无以名状的快乐。

"你想开始写论文了吗？我可以用婴儿车推弗洛拉出去散

步。"我说,"你们两个用卧室吧,我睡沙发就好。"我加上了这句话,于是她立刻抓起行李,直接走进卧室。接着,她拿了一本厚厚的书本走进厨房,坐在桌前,翻开其中某个章节,开始研究遗传学。

五十二

我小时候有耳朵痛的毛病,所以带女儿出门前,我先用蕾丝帽带系紧她蓝色的婴儿帽,但没忘记露出孩子的两绺鬈发。我推着孩子绕村子散步。毫无疑问地,婴儿车和我招来许多目光,居民有了转变,看到我推着孩子,大家的态度明显比看到我一个人时温暖许多。我还注意到一件我从未留心过的事:这地方看不到孩子。我是今天早上唯一一个带小孩出门的人。

我让女儿坐直,好让她迎视盯着她看的路人。我们第一次走完整条主要干道时,她招来许多赞美的目光,大家都对她很感兴趣。在我推着婴儿车的前十五分钟,本地妇女对我的注意远远超过我之前独行的两个月。对我来说,女人的情绪太复杂了,我往往料不到她们会有什么反应。推着婴儿车在街上来回四趟之后,我想到可以带女儿到教堂里,让她欣赏祭坛上那幅和她神情相似的耶稣画像。

我们走在高低不平的铺石路上，推车跟着摇摇晃晃，于是我拿起奶嘴，把推车放在教堂的入口，留在《最后审判日》画作的下方。虽然教堂里正在举行弥撒，但我不觉得会有任何人反对我的孩子进教堂。里头的长椅上只坐了几个老妇人。我没有抱着孩子直接走向耶稣的画像，而是坐在后排，让我女儿先适应昏暗的光线，随后才慢慢走向教堂前方的圣坛，让我女儿看一幅又一幅的图片，并且为她读出献词。我们不疾不徐地欣赏每一幅画，我怀里的孩子兴致高昂。我们看着抹大拉的马利亚和她红色的长发，来到圣约瑟前方时，我停下了脚步。画中的老人消瘦又憔悴，毕生的重担压得他双肩下垂。我在捐献箱里放了几个铜板，点亮一根蜡烛。画作的说明解释圣约瑟是个忠诚的丈夫，也是个虔诚又认真的人。他的身份是养父——这让我想到自己，接受了落在他身上的责任。不过，我和圣约瑟不同，我不是养父，我的女儿和我有相同的耳垂，在鼠蹊的同一个位置都有胎记。套句神学的说法：她是我肉中的肉。然而我却有些同情圣约瑟，他在床上一定觉得很寂寞。

"这是我弟弟约瑟夫。"我开玩笑地说。接着我想起我本来要寄给约瑟夫的明信片，他喜欢集邮。

"这是个男孩。"我们来到圣母与圣婴的画像前方。我女儿本来在我怀里咯咯发笑，这时却突然变得安静又严肃。她睁大眼睛看着和她有相同的玫瑰色脸颊和酒窝、额头上垂着两绺鬈发的圣婴画像。这会儿,我抱着女儿站在这幅画旁边,无法忽略让人惊讶的相似之处。他们连耳朵都一样,我上次没注意到小耶稣耳垂上的皱褶。这时,原本跪在画像前面的女人站了起来,惊讶地来回看着我女儿和画像。我知道她在想什么。

教堂入口旁边有个贩卖圣人塑料小模型的摊位,我询问卖东西的妇人,想知道她是否能告诉我关于那幅画像的资料。她说,关于那幅画,没有解决的问题比答案更多。她出于好奇——当然也因为经常有人询问——于是试着去寻找答案,她咨询过许多人,其中包括托马斯神父,但是没得到什么结果,连画家究竟是什么人都还存疑。

"但一般来说,我们相信这幅作品出自一位少有人知的女画家之手。她的父亲是邻近省份某个几乎被人遗忘的大师。"妇人递了一个塑料小圣人给我女儿欣赏。孩子伸出小小的食指,穿过涂成金色的光圈。

五十三

我最挂心的事，是采购食物。我没料到除了昨天的晚餐之外，我还得为女儿和孩子的妈下厨，这让我慌了手脚。虽然我们没有详加讨论，但我和睡在隔壁房间的女人及孩子就此过起了家庭生活。这并非深思熟虑过后的结果，而我也来不及为自己做好心理建设。从这一刻开始，我的采购方式会改变，必须买三人份的食物。

安娜喜欢吃什么？她比较喜欢覆盆子还是综合莓果口味的酸奶？我最好对女人表达心意的技巧保持戒慎的态度。然而安娜不像那种你不时会碰到的女人：先察看脂肪含量百分比，然后责难地瞪着你看。从昨天晚餐得到的结论来看，安娜会吃下任何摆在她面前的食物，先吃一口，接着吃下另一口。

"我可以把这些都吃光吗？"我们吃完晚餐之后，她还抹光锅底的肉和酱汁。

虽然推着婴儿车到处走不太方便,但是我必须承认,能把食材放在孩子脚边的隔板上的确是件好事。我没有太多食物的采购经验,我们从水果下手,每种水果各买三颗,因为此时家里有三个人。我买了三个苹果、三颗橘子、三个梨子、三颗奇异果和三根香蕉——只因为弗洛拉指着香蕉,发出类似"香蕉"的含糊语音。接着我又买了些草莓和覆盆子。然后买的是一公斤马铃薯,因为我又得计划晚餐的菜色了。万不得已,我可能会和昨天一样,准备小牛肉配水煮马铃薯。另外,虽然我还不清楚做法,但我仍然买了几种不同的蔬菜。小贩把我所指的东西逐一放进纸袋里,随手在纸上记账。而和菜贩,我也以同样的方式演练:三颗西红柿、三颗洋葱、三个青椒,还有三个说不定是水果也可能是蔬菜的紫色植物,我没办法确定。

当我从肉铺买了小牛肉走出来的时候,我遇到了托马斯神父。他和我握手打招呼,接着,我发现他直盯着我女儿看,仿佛发现了前所未见的真相。弗洛拉兴奋得不得了,似乎要我将她从婴儿车里抱出来和神父见面。我把弗洛拉抱在怀里,边和神父聊天,似乎可以借由这个姿势来维护我做父亲的角色。我女儿对着托马斯神父微笑,他拍拍她的头,孩子突然害羞起来,把头埋在我的颈窝边。

"真是个漂亮又聪明的孩子,"神父说,"你们这对父女应该可以拉低这个村庄的平均年龄，这里没什么年轻人了。"

我告诉神父，这两三天，我可能还不会到花园去，但是之后我会回去工作。我得在下午花几个小时照顾孩子。我没提起安娜，因为那会让情况更显复杂，而我也还没有把我在花园的工作告诉孩子的妈。

"你不在的时候，马修修士会负责浇水。"神父说。我想也没想，便开口问他是否熟悉什么食谱。

"不要太复杂的，"我说，"我没什么经验。"接着我告诉他我昨晚准备了小牛排搭配红酒酱汁，味道不错，而我今天晚上打算再做一次。但是以后就得来点变化了。

神父听到我的问题一点也不惊讶，就算他吃惊，也完全没有表露出来。他说，他从来没真正下过厨，但是他可以推荐我看几部电影。如果真要说，他第一个想到的会是《厨师、大盗、他的妻子与她的情人》，当然这部片子比较另类，不太适合我的状况，另外还有《饮食男女》《浓情巧克力》《巴贝特之宴》《巧克力情人》《重庆森林》《花样年华》，他抱歉地说，有些片名是他匆匆翻译的，因为他全靠记忆说出这些片名。

其中有一部电影特别着重于巧克力甜点。电影的中心主题是善与恶的挣扎，片中的神父是大反派，制作巧克力的女人代表善的力量，托马斯神父一边轻松地和我聊天，一边和路过的年长妇人打招呼。

"这些片子没有详细提到食材的分量和比例，"他补充说明，"但仍然让我对烹饪有正确的认知。"他表示欢迎我们采购结束之后，带女儿去他房里看录像带。既然采买任务已经接近尾声，而且严格说来，我女儿和我没什么特别的事情要做，于是我跟着他回到宿舍。他从架子上拿来几支录像带，在桌上一字排开，接着挑出一部片子放入录像机里。托马斯神父说，没有人能像这位导演一样阐述对食物的爱，但神父花了好几分钟的时间，才找出他认为对我厨艺有帮助的段落。我女儿饶有兴致地观看着神父。

屏幕上出现几张东方人的脸孔，几个女人都梳着漂亮的发型，身穿美丽的连衣裙。托马斯神父帮我选的片段约莫两分钟，有几个人端着汤面穿过狭窄潮湿的走道。

接下来，神父选的是另一部影片的序幕：主角手拿锐利的刀子宰杀母鸡，在极短的时间内做出一道复杂的料理。这部片子里最吸引我目光的是主角的刀具套组，这幕场景的背景中，厨房的墙边陈列着上百把锐利、漂亮的工具。神父退出录像带，放入第三支片子。他快转影带又倒带，接着还犹豫地回头看我九个月大的女儿，说："接下来这部影片不适合儿童观赏。"

五十四

回家的路上,我突然想看看理发店隔壁的婴幼儿服饰店。我瞥见橱窗里展示着一件花连衣裙,可能会适合我女儿。店里的陈设很古老,童装的款式也有些过时。店主是个九十岁左右的老妇人。看到客户上门,她高兴地拿出两件花连衣裙,一件印着蓝色的平铺白珠果,另一件的花色是粉红色玫瑰。我扶着弗洛拉,让她站在柜台上,拿起连衣裙比较大小。但比较归比较,我还是不确定连衣裙是否适合腰身浑圆的孩子穿。老妇人接着想起她将一件黄色连衣裙收在店后某个特别的地方,这件黄连衣裙印的是白色百合花,编织的蕾丝领口让人无法抗拒,还有一双针织黄裤袜可以搭配。我挑了最后这件连衣裙,也买下成套的裤袜。我正打算付钱时,老妇人表示我女儿还需要一件外套来搭配连衣裙,并且表示可以给我一个好折扣。她很快地拿了一件用小塑料袋包装的紫红色羊毛外套回来，外套有内里，领子和口袋上都以缝线来装饰。我让女儿站在柜台上试穿，自己往后退了几步欣赏。她穿上这件长外套显得很矮小，但是颜色很适合她，而此时站在柜台上的她，看起来像极了博物馆里的陶瓷娃娃，活脱脱一个小大人。陆续有人走进店里来，老板的两名年长妇人朋友也走了进来，不停地赞美我女儿。离开服饰店时，我买下了紫红色外套、黄连衣裙和裤袜。

这天的晚餐仍然是牛肉佐红酒酱汁，但这回为我女儿和孩子的妈准备的牛肉不是用煎的，而是切块去炖。接着我像昨晚一样用水煮熟马铃薯，但煮熟之后，我将马铃薯磨成泥。

吃过晚餐后，我让女儿穿上连衣裙和外套给她妈妈看。孩子在厨房的桌上表演下午在服饰店里上演过的服装秀，还拍起小手表示认可。

安娜笑了，同样拍手欣赏自己的女儿，接着便回到书本的世界里去了。我有点担心安娜和孩子在一起的时候太漫不经心，她会和孩子闹着玩，一起嬉笑，但短暂的时间一过，她的心思便完全离开，没了兴致之后，便把孩子交还给我，自己坐在厨房桌边翻书看。尽管我不认为她对学业的兴趣比对孩子的注意力高，但是我仍然觉得她的欢乐时光过于短暂。

五十五

对一个像我这样的新手父亲来说，没有任何一天是普通时日，没有任何一件事——真的，我一点也不夸张——是小事。这天傍晚，我得到毕生第一次帮小孩洗澡的经验。因为热水量不多，水压也过低，所以想放满浴缸的水无疑得花一辈子的时间，于是我试着把女儿放在不算小的水槽里洗澡。

孩子看到水龙头里流出水来，大感兴趣，她在水槽里玩得很开心，用小塑料杯装水之后立刻倒掉。没过多久，我便全身湿透，地板也积了水。其实最简单的方式应该是趁我洗澡的时候帮孩子一起洗，这么一来，用水量也比较好控制。但这么做唯一的问题是，当我帮女儿抹上洗发精，揉搓她两绺鬈发时，必须有人抱着她离开澡盆里的水。在水槽里帮孩子洗完澡之后，我用毛巾裹起她柔软的小身躯，用软梳子帮她梳头发。我发现我可以帮她在头发上绑一条缎带,来搭配她的黄连衣裙。接着,我在词典里找出对应的词汇,拿笔写下来。我告诉女儿:"明天我们要买条缎带,帮她系在头发上。"

"睡觉。"她清楚地大声说。

我帮她穿好睡衣,扣好两颗扣子,这扣子一颗在肚子的位置,另一颗在领口。接着,我把满脸笑容、头发依然潮湿的孩子抱到我那位坐在厨房桌边埋头看书的女性朋友面前。这孩子代表了世上的美,我要让她欣赏她的成果——我们共同创造的成果。她看到孩子,浅浅对孩子一笑,然后在孩子的酒窝上印了一个吻。

"她穿的是新睡衣吗?"她问道。

"对,我们今天到村里一起买的。"我把女儿放到桌子上,让孩子的妈看清楚这套印着绿色兔子的粉红色两件式睡衣。

"漂亮,"她对我点个头,然后加强语气,"很漂亮。"但是她水蓝色的眼眸不是落在女儿身上,而是看着我。孩子向她妈妈伸出双手讨了个拥抱,接着立刻把小脑袋靠在我肩膀上,我女儿想睡了。

"睡觉。"模范儿童清楚地重复这两个字。

我把孩子放进修士们带过来的婴儿床里,盖好棉被,心里还是很困惑,不懂托马斯神父是怎么找到这张小床的。尽管我已经拉下了窗帘,但是孩子的周遭还是环绕着一圈奇特的光线。不少人提过环绕着我女儿的光,虽然今天是阴天,但是当我拿熨斗还给楼上的妇人时,她也这么说。哄孩子睡觉不需多长时间,我成功地让女儿睡着之后,看到孩子的妈还在厨房桌边,完全沉浸在科学课业当中。她已经洗了餐具,也收拾好孩子的玩具。我想问她是否要在晚上出去外面四处看看,我可以帮她画张地图,把村里的主要干道和我们住的这条街画出来,这地方其实只有两条线,像个交叉的十字,然后我可以加上两三个她可能有兴趣看看的地点,比方说教堂、市政厅、邮局和旁边的咖啡馆,这花不了多少时间。如果我这么建议,会不会像是要甩开她?会不会像是我在孩子睡着时害怕和她单独相处?但如果她迷路,或是有人搭讪怎么办?于是我在她对面坐下,突然间,我觉得有必要对她说出我生命中一些她还不知道的私事。

我拿来一张我和约瑟夫的合照给她看。我们并肩站在花园里,但这次与往常不同,我没牵他的手。

"这是你的亲戚吗?"她问道。

这个问题并不让我意外,约瑟夫的头形比我小,我们的外表一点儿也不像。外人的第一个反应通常是如此。但约瑟夫长得和别人不同,重点也不在他的外貌。乍看之下,他像个英俊的年轻人,有深色的头发、棕色双眸和日晒后的肤色,就像刚结束海滩假期一样。不少女人在发现他无法说话之后,仍然对他着迷。我常听到人们夸奖我弟弟英俊,所以我自然而然地假设自己应该正好相反。

"其实我们是双胞胎。"

她直视我的双眼。她的眼睛很特殊,比海水还蓝。

"这话是什么意思?"

"我们不是在同一天出生,但我们还是双胞胎,没出生前,一起住在妈妈的子宫里。这是真的。我先出生,我弟弟两个小时后才出生,时间刚好过了午夜,等于是第二天。所以理论上来说,我们是双胞胎,应该在同一天,也就是我生日那天,十一月九日一起庆生。"

"你从来没提过你有弟弟,我一直以为你是独子。"

"是,但我的确有个弟弟。我妈妈过世之后,他搬进了护理中心。我们不知道他哪里不对,几次诊断结果互有冲突,可能是脑部神经传导有缺陷,或是自闭症。他不说话,是家里最安静的人。不知道的人通常不会注意到这件事,反而乐于有个好听众。"我带着微笑说。

安娜点点头,她似乎能理解我对约瑟夫的描述,而且很感兴趣。她问了些诊断方面的细节,我感觉到我们的谈话进入了她的专业领域,也就是遗传学。她合上厚厚的书本,抽出夹在书页当中的笔。我有种感觉,她不是暂停,而是整晚都不打算念书了。

"他的举止正常,也很容易相处。他会握手问候,仪态优雅又整洁,但是他偶尔会挑些大胆的颜色穿在身上。"在我拿给安娜看的照片里,约瑟夫穿的是蝴蝶印花的紫色衬衫——妈妈为他买的最后一件衣服,搭配薄荷绿的领带。通常爸爸和我会帮他打领带,因为他自己办不到。当他回家度周末时,他总是会仔细折好自己的衣服,放在他从前在家里用的衣柜里,就算只住一个晚上也一样。起床三分钟后,他会整理好床铺,平整的床单上连一条褶痕都没有,和旅馆里由三名清洁女工打点的床铺没两样。

安娜想知道我双胞胎弟弟发展出哪些自己的生活模式。

"他依循固定的模式过日子。"我说。我弟弟回家过周末时总是做相同的事,先爆玉米花,然后和我跳舞。

妈妈过世后,他首度回家过周末时显得有些冷漠,而且似乎缺乏安全感。他习惯妈妈的照顾,习惯看她在他身边打转,而他有几次也会到温室里去找她。但是到了接下来的第二个周末,他知道相处的模式已经有所改变,也适应了新的情势,还自己发展出新的模式来。

"他的适应力很强。"我说。

安娜点点头,她明白我接下来想要说的是什么。我取来葡萄酒和两个杯子。

"我双胞胎弟弟和其他人最大的差异,在于他没有情绪上的波动，事实上，他可以说是一直很快乐，"我说，"发自内心的快乐，像是大门口上方的彩色灯泡，而且，世界的美丽让他着迷。""他是个很善良的人，"最后我说了，"他不可能说谎。"

我露出微笑，她也跟着露出笑容。

"你呢，你偶尔会说谎吗？"她问道，双眼直视着我。

我没料到她会这么问。我感觉得到自己的心脏在毛衣下方猛烈跳动。

"不会，但我不见得每次都会说出自己真正的想法。"我回答。

那天夜里稍晚，我再次铺好沙发床，再次躺进被窝里，试着不要因为我的女性友人睡在离我只有一臂之遥而且对她来说过大的卧室里而分心。于是我把注意力放在明天该准备的食物上，我在想，也许我可以变出一道甜点，说不定妈妈的巧克力汤食谱可以派上用场。

五十六

她们意外走进我生命已经有三天了，这是我们首次一起推着女儿出门。我们有个特殊的任务：我要把图书馆的位置告诉孩子的妈。安娜调整婴儿车让孩子坐直，我们轮流推车。我们的女儿穿着黄色花连衣裙，头上系着缎带。路人的眼光紧盯着我们，让我很想对大家说明我们不是一对；虽然带出来散步的是我们的孩子没错，但这不表示我们睡在一起，一切只是暂时性的安排。

图书馆在咖啡馆隔壁。在安娜回到她的科学世界之前，我们先坐在人行道上三张咖啡桌的其中一张，我们面对面坐着，婴儿车放在两人之间。我踩下刹车，让安娜调整我女儿的衣服，系紧松开的蕾丝帽带，然后递给她一个草莓，孩子立刻把水果塞进嘴里。邻桌坐了一对老夫妇，我听到男人说他要点他妻子点的东西。点相同的东西吃？这代表一段和谐成功的关系吗？我是否该与安娜——我孩子的妈——点相同的东西？我默默用当地方言练习自己的答案，也决定为我们两个人发言，毕竟，在这个村庄里住了两个月的人是我。

"一杯咖啡。"安娜对咖啡馆老板露出微笑。

"我也是。"我说。

我女儿兴奋地拍着手，像鹦鹉学舌般复诵我刚刚那句话的最后一个字。

如果咖啡馆老板直接问我，安娜是不是我的女朋友，我会否认。

"她是你的女朋友吗？"

但是他没问。

老板走回咖啡馆之前，先弯下腰亲昵地看着孩子，轻捏她的脸颊之后又拍拍她的头。这地方的人似乎很爱小孩，几乎没有人不去逗她。另外，我没办法不注意到这里的男人也会打量安娜。我还发现，如果孩子的妈一起出门，路人会稍微减低对孩子的注意力。对这件事，我心里有些五味杂陈，话虽这么说，但是在几分钟之前，我还担心旁人会把我们当成一对情侣。

有个男人蹲坐在图书馆的阶梯上，他的眼睛紧盯着安娜不放，眼神近乎粗鲁，我很想叫他别再看了。但我只是将女儿从推车上抱起来，让她靠着桌子坐在我的腿上。孩子扭个不停，但还好没去碰咖啡杯。我把奶嘴塞进她嘴里，她却立刻吐了出来。她想站在我的膝盖上，于是我举着她，让她可以四处张望。她向坐在阶梯上的男人挥手，他也挥手回礼。我把孩子放在我身边的空椅上，想让她在父母中间自己坐好，孩子的头顶几乎要与桌面等高。我们这对父母骄傲地看着她，在我的内心，我已经成了小孩的父亲。孩子的妈对我微笑。我希望图书馆阶梯上的男人注意到这抹微笑。我的新生命就此成形、成真。

五十七

时间是九点钟,安娜刚到图书馆去,我女儿和我醒来大概有一个半小时了。我还没把我在花园的工作告诉安娜,但是再过不久,我得回去浇水,照顾花草。我不能继续把这些工作丢给马修修士,因为他已经九十多岁了。

照顾孩子不是件轻松的事,不管你的脑袋在想什么事,都会被打断。孩子醒来时,我必须把整副注意力都摆在她身上。我照顾女儿的方式可能还有些笨拙,没办法像她妈妈一样灵活,但孩子宽容地接受。我尽全力做好父亲的角色,坚持去做所有该做的事,在安娜从图书馆回家之前,努力照顾好女儿。

虽然我女儿几乎一直这么快乐,但不表示她没有情绪起伏,而且我发现,她的脾气不是来自我的心情或周遭环境的变化。我纳闷地想,我小时候是个快乐的孩子吗?那时候,爸爸陪约瑟夫的时间多过陪我，妈妈和我相处的时间比较多。

偶尔，我女儿会想静静独处，不要别人打扰。在那种情况下，她的表情可以变得很严肃，甚至会皱眉头。有时候她会爬进卧室，想自己关上房门，要不然就是到一个她以为我看不见她的地方躲起来。我总是会远远地注意她，但不会去干涉。

"我的小隐士。"我说。孩子爬出她的小天地，准备再次拥抱世界。

小家伙有许多好玩有趣的动作，比方她吹口哨的模样。今天早上，我发现她坐在卧室地板上，几次看着镜子里自己噘嘴的样子。在她认为表情达到标准之后，会先鼓起胸膛，然后吹气。而当她吹出清亮的哨音时，连她自己也吓一跳。我微笑地看着她，她似乎想在我面前表演，又吹气发出声音。

"聪明，好聪明的小女孩。"

"要不要爸爸唱歌，让弗洛拉跟着吹口哨？"

她兴奋得不得了，而我也狂喜不已，甚至等不及安娜从图书馆回家，就想和她分享做父亲的骄傲。我真希望妈妈能看到她的孙女，我希望她能看到我当父亲。那妈妈会怎么看待安娜呢？

我将孩子从地上抱起来，帮她穿上花连衣裙，再套件蓝色开襟罩衫。接着我为她戴上遮阳帽，让她再次看过镜子里的自己之后，才把她放进婴儿车。她觉得这个打扮很有趣。

"我们今天要不要去看看爸爸的玫瑰花?弗洛拉想不想和爸爸去花园,去拜访修士,欣赏念珠玫瑰(Rosa candida)啊?"

我推着婴儿车出门时,把奶嘴塞进孩子的嘴里,帮她盖上毯子,没多久,她便睡着了。

来到通往玫瑰花园的阶梯下,我将孩子连毯子和枕头一起抱上山丘。到了花园后,我将裹着毯子的女儿放在我身边的草地上,然后开始在花坛上工作。孩子继续睡了一个小时。我到不同的花坛工作时移动过她两次,从不让她离开我的视线范围。

接着,她突然清醒,而且坐了起来,周遭的环境显然让她感到很困惑。她左顾右盼了一番,看到我之后,才露出笑容。接着,她抛下毯子站了起来。

"要不要爸爸帮小宝贝换尿布?"我脱下园艺手套问道。换过尿布之后,我让她坐在花园的长椅上,让她拿着幼儿学习杯喝梨子汁。

"你想闻闻花香吗?"

盛开的矮种玫瑰和弗洛拉一般高,她显然对花朵很感兴趣。她身边有一朵粉红色的花苞,孩子先是用食指轻轻触摸,接着才歪起脖子,用十足戏剧化的姿态闻香,最后惊奇地倒吸一口气。这模样让我忍不住笑了出来。这时,我发现贾可布修士和马修修士正从图书馆走进花园来。我不知道他们站着看了多久,但两位修士脸上都有笑容。随后他们叫来其他修士,到最后,除了札哈里亚斯修士之外,总共来了十一位修士。他们要弗洛拉再表演一次如何嗅玫瑰,孩子乐于成为众人的目光焦点,毫不费力地又表演了一次,让几位修士笑个不停。把孩子带到花园让我有点担心,因为花园是修道院的一部分,我本来没打算逗留太久。

麦可修士短暂离开之后又立即出现,他手上拿了一颗足球大小的球,只不过这颗粉红色的球上印着据我看应该是海豚的图样。几个修士开始讨论要怎么玩,才能让孩子待在这群人的中间,他们最后终于得出结论,最好的地点是草坪。大家让球慢慢地滚向孩子。我女儿咯咯咯地笑出声来,高兴地拍手。她很快就掌握到游戏规则,我还看到她轻拍保罗修士的秃顶。回家前,我剪了一把要带回家的玫瑰。而后当我背着女儿走下阶梯时,才想起自己得记得向加百列修士要蔬菜汤的食谱。

我把玫瑰花束插在水瓶中,摆到厨房桌子的中央,这时才发现,带这些玫瑰回家似乎有欠考虑,我至少得明白表示这些花是孩子送给她妈妈的。

当晚,在哄孩子上床睡觉之后,我向安娜提起了花园。我告诉她我想拯救一座有好几个世纪历史的花园,这座花园有不少稀有的玫瑰品种,却缺乏照料。

"你爸爸没说你在花园工作。"她说。

"有部分玫瑰濒临绝种。"我补充道,"这会使得植物群越来越贫瘠。"遗传学专家应该能理解这个观点。

"是啊,"她说,"我们可以轮流照顾弗洛拉,我下午带她,你可以去花园。如果你同意,我可以在孩子睡着后再念书。"

五十八

我们对于家务和带小孩有个临时协议。第一天我准备了晚餐之后的事,就不必多说了;到了第二天,我们的同居生活便已经出现一套模式,由我负责下厨。这个全新家庭生活的工作分派从零开始,我猜想,这位遗传学专家对厨艺的了解应该比我更浅。尽管如此,她仍然分摊购物的工作,从图书馆回家前,也会在糕饼店买来蛋糕或挞。由于我没能在短暂的时间内学到更多菜色,因此我们连续吃了三天小牛肉。第三天我做的不是前一天吃的炖牛肉,我把肉切成条状,用青葱提味煎了牛排,除了水煮马铃薯之外,也煮了各种蔬菜,有胡萝卜、青豆和菠菜,淋上酱汁之后,口味着实不坏。孩子的妈毫无抱怨,我女儿吃的是胡萝卜菠菜泥和切碎的肉,胃口好得很,而安娜也同样好食欲地连续在第三天吃完之后要了第二份。但是她很苗条，瘦到你几乎看得到她T恤下的肋骨和牛仔裤包住的臀骨。在她和我同住一个屋檐下的这段时期，我决定养胖她，让她成为一位圆润的母亲。当然了，我的首要工作是多学几道菜，于是隔天，我在路上逢人便请教食谱。肉贩提供我更多肉类的烹调方式，但是我决定暂不冒险变换菜单，于是他教我怎么做奶油酱汁来取代红酒酱汁。

"如果你用奶油取代红酒倒入锅里，酱汁会比较浓，而且是浅褐色；如果你用的是红酒，酱汁比较稀，但就是红棕色。你自己看着办吧。"

我还到书店里去翻食谱，但我看不懂这些用村里方言写的食谱，其中有一本全是乌贼的做法。这些食谱都很旧，从图片中站在餐桌前人物的衣服就看得出来，而且食物的颜色也未免太鲜艳、太突兀了。

最后，我去找餐厅的女主人，请她教我一两道菜。这一路上，我到哪里都带着孩子，免得无功而返。餐厅女主人找来一些大蒜，对我说，人一旦知道怎么用大蒜，就知道怎么烹饪。她拉下挂在墙上的一整串大蒜，挑了几颗要我练习剥开蒜瓣。

"首先，你要剥开蒜瓣，然后切片捣碎。"

她要我重复练习，还称赞我学得很快。而当我处理砧板上的大蒜时，她主动提议帮我抱小孩。接下来她教我怎么煮乌贼，要我先将乌贼切块，起油锅，然后轻轻把乌贼放进锅里；

她解释了两次，强迫我跟着她做。她问我会做什么菜，我把牛肉、马铃薯和酱汁的做法告诉她。

"你可以煮米来取代马铃薯，"她说，"一杯米需要一杯水，水滚之后把火关掉，然后盖上盖子，焖十分钟。"她同样又重复了一次。我正准备向她道谢，她却走进厨房，没多久之后，带了一盘东西出来递给我。

"这是李子派，"她说，"给你们当甜点。如果有需要，我也可以帮你煮好东西让你外带。"接着她又问我能不能让她再抱抱孩子，我当然同意。弗洛拉用肥短的指头轻拍女主人的脸颊，接着短暂地把手掌贴在女人的头顶，像极了为孩子祝福的神父。

回家的路上，我绕到肉铺去买了一些牛肉。肉贩切下牛肉之后，我指着他身后的绞肉机。这次我请他帮我绞肉，因为我准备做牛肉丸子。我已经想好了，要剪些种在阳台的香草加进奶油酱汁里来搭配牛肉丸子。

一直到我们经过电话亭时，我才想起自己已经有两个星期没和爸爸说话了。我把弗洛拉从婴儿车上抱出来，抱着孩子打电话。这对母女住在这里的期间，我不觉得爸爸会问起我对未来的计划。我在这个地方扮演父亲——一个女人的女儿的父亲——的角色，这已经是最接近我现下生活的定义了。

"我们打电话给爷爷好吗？"

"爷——爷。"

接到我的电话,爸爸显然很高兴,并且立刻问起这对母女的状况,尤其想知道安娜论文的进展。我听得出他很清楚安娜的研究领域,若不是他背着我私下和孩子的妈聊过这个主题,就是他读了许多这方面的资料。

"我给她看过一篇有关遗传伦理学的论文。"这位电工告诉我。

既然都通了电话,我顺便要爸爸告诉我妈妈从前怎么做牛肉丸子。他不记得怎么做,但他认为妈妈应该在绞肉里加了蛋和饼干。接着他说,昨天宝嘉请他过去喝咖啡。

"好个宝嘉,她家里的饼干真多,有黑白饼干、犹太蛋糕,真是应有尽有。"

和爸爸说话触发我复杂的情绪。他总是话中有话,他真正想说的话,总是藏在好几层表面的言辞之下。

我抱着女儿,带着买好的食材回家,在楼梯间遇到了楼上的邻居——那位老妇人。

我觉得这绝对不是巧合,每当我带着孩子出门或回家的时候,我的邻居便会突然有事地走出她的公寓;而若是孩子没和我在一起,她还会立刻回头看我一眼。一开始,我以为她想替房东出面——因为公寓里现在住着三个人,而不是两个人——但后来我发现,她看到我们的时候却像是放下一颗心,似乎在等待我们。她想和我女儿打招呼，而今，她已经知道孩子的名字了，她会走下楼梯和我们碰面，然后说：弗——洛——拉。最后她还会问我是否要再借用她的熨斗，或是掸子？我女儿总是对着她微笑。

"自从这孩子搬进来之后，我的疹子好多了，手上几乎完全不起疹子，脚上也越来越少。"老妇人站在楼梯间说，顺手拉平她衣服上的皱褶。

五十九

　　我尽可能在那对母女走出卧室之前醒来，并且整理好沙发床。我们将时间划分开来，下午两点之前由我负责带女儿，安娜则趁这段时间到图书馆念书，两点之后换手，好让我到花园去工作。所以基本上来说，我们一天分为三班：早晨、下午和晚上。

　　孩子正坐在小床上看图画书，不需要我专心照料，我得以偷闲片刻来思考，审慎地研究我这星期在图书馆找来的绘图，计划未来几天的工作，并且列出清单。若依据原始草图来看，花园最早采用的是对称式设计，再巧妙地融入大自然柔和的线条，园艺这门艺术的精华在于"光"与"影"的运用。看来，玫瑰花坛似乎是以八角形的图案环绕着池塘，花园中辟出了一片区域来种植药用芳草。图片当中还画出用来存放药用芳草和香料的瓶瓶罐罐。

我还是不时瞥向弗洛拉,而她也会放下图画书抬头看我。那是一本给孩子看的圣经寓言故事,每一页都有图片,上面有短短几个字。她成功地自己翻完整本书,还用拇指和食指往回翻,老是停在一张国王抱着孩子挥舞宝剑、旁边有两个女人抢着说自己是母亲的图片。我不知道这本书对孩子而言是否太过暴力。但是这份礼物让我十分感动,这是我在整理花草时,马修修士夹在胳膊下拿出来送我女儿的礼物。

我们的时间多半是这样度过的,我帮女儿换了尿片,穿上连衣裙,和她说话,还拿字母方块堆起高塔,帮她组合十三片拼图,对她唱歌,喂她吃东西,帮她洗脸,然后穿上外出服去采购食物,到处溜达。我们也会到咖啡馆去,不时注意是否会遇见安娜。另外,我们每天都会到教堂里去看小耶稣的画像。我们的路线也永远相同:首先,我们会在教堂里逛一圈欣赏其他画作,为约瑟夫点蜡烛祈福,然后不是直接走到画像前方,而是慢慢地绕过去。而我女儿从头到尾,老是在我怀里兴奋地扭来扭去,因为她知道接下来的步骤。我觉得,这个孩子在她妈妈带过来住之后,体重增加了,抱在怀里沉甸甸的。那安娜呢,她是否也变重了?

而我们每次来到圣母马利亚抱着小耶稣的画像前,同样的情况都会一再发生:我女儿会停止扭动,乖乖地让我抱着,既慎重又安静，睁大眼睛看画像里的小耶稣。我本来就不是个严肃的父亲，而且不会责骂孩子，但是我发现自己偶尔得骂上两句，免得孩子伤到自己。只能说，我女儿太可爱了，对这个世界表现出过多的感情，总是想拍抚路上遇到的一切生灵。我得承认，对于她无畏无边的善意，我难免有些担心。

"不行，不可以。"看到一只瘦弱憔悴的野猫接近教堂时，我用低沉稳重的声音告诉她。

"啊——啊——"我女儿发出温柔的声音，朝小猫伸出手，要我放下她，好让她和小猫站在同一个高度。她想用拥抱陌生人的方式去拥抱小猫。这孩子对于一切有生命、会动的生物展现出无比的温暖和信任。想到我女儿在其他方面的早熟程度（她已经可以使用不少母语词汇，也知道几个拉丁文，再加上新学到的本地方言，比方说你好或再见），看到九个月大的她对于陌生人来者不拒的友善态度，甚至想对骨瘦如柴的野猫示好，我有些恼怒。

这只猫有一双绿色的大眼睛，毫不害羞地靠在我脚边磨蹭。

"不，不行，不可以摸。"

于是接下来我说了："小宝贝，我不是告诉过你吗，野猫会抓抓。你再这样我就要把你放回婴儿车哦。之前不是已经说过四次了吗？"

当状况牵涉到野猫,一个做父亲的会对女儿的纯真感到焦虑,应该是再自然不过的反应了。于是我抱起孩子说:"不行,不可以,猫猫丑丑。"我用严厉的音调告诉她。

这时,我女儿的笑容突然消失,她睁大深邃沉静的眼睛,抬起白瓷般的小脸看着我。她看起来并不害怕,而是困惑。我立刻觉得内疚。

小猫同样用受伤害的眼神看着我。

"好,好,猫咪乖。"我的语气中夹杂着复杂的情绪,听起来颇缺乏说服力。我陪孩子在肮脏的野猫身边跪下。我说,我们拿点东西给小猫咪吃好了,然后伸手想从购物袋里找出适合猫咪吃的东西。

接着我对女儿说:"来,我教你怎么分辨善恶。"

我带她回教堂,让她坐在一张高椅上,让她在昏暗的光线下看清楚高处的画作。我看不到她的表情,但是我知道她认真又专注地看着柱顶雕像,我知道她了解每根梁柱顶端的雕像都是善与恶的对比,是天使与恶魔、罪孽与纯真的争斗,石雕透过恶魔头上的角和脚上的蹄、圣人的光圈、胆怯的脸孔和仁慈的面容,清清楚楚地展现出来。

"你现在懂了吗,孩子,知道什么是世界上的恶魔,什么是人吗?"

一开始,她两只小手一左一右地握着一把头发,接着她把手滑到我脸上，遮住我的双眼。一会儿之后，她又盖住我的耳朵，最后才拍拍我的脸，先拍一边，再轻抚另一边。

到了家门口，在我折叠起婴儿车的时候，我女儿坐在楼梯下端的阶梯上，我注意到这会儿有两个女人在楼梯间等我们回来，是我那位年长的女邻居带着她来访的友人——另一个和她年纪相当的老妇人。我邻居的朋友饱受气喘之苦，因为常听我邻居提到我女儿，于是想来看看她。真是不得安宁啊。我希望安娜不会发现陌生人对她女儿感兴趣，以至于每次我带女儿出门的时候，大家都会塞点果酱或是肉肠给我。

回到家后，孩子的妈从购物袋里拿出三罐猫食，她问我："你去买猫食？"

六十

我很想知道，究竟有哪些事会让女人有所反应，我最后的结论是：安娜的感情生活比我认识的男人来得复杂多变。她有时候显得焦虑，但是最让我困惑的一点，是她的冷漠，她经常表现得好像自己并不在场，似乎同时在处理好几个棘手的难题。尽管她和我隔着四十厘米的桌面相对而坐——这个距离接近到假如我们是一对我不必移动就可以亲吻她——但她仿佛根本没注意到我。

我知道她体贴温暖，总是面带微笑，会赞美我煮的任何菜色，我和她说话的时候，她也会暂时放下书本。看到我带着女儿进门，她总是显得很高兴，但不久之后，她又会立刻缩回到书本的世界当中。

而我陪孩子玩耍的时候，她偶尔会看着我，只是我不确定她看我的频率是否和我看她的频率一样。我猜，她可能正在从遗传学的观点来观察我女儿和我。我一边在玩具砧板上切面包，心里一边猜疑着。

"你是左撇子吗？"她用那双水蓝色的眼睛看着我，饶有兴致地问道。

我们暂时住在同一个屋檐下，而且这公寓很小，所以我们不时会擦肩而过，偶尔还会碰到对方。我也刻意地碰过她一两次。我和之前一样，经常想到身体，但是会试着把遐想的时间控制在安娜不在我身边的时段，例如我在花园工作的时候。我很担心脑袋里的想法会被她看出来。有些女人会在你的想法还没成形、还在你脑袋里盘旋酝酿的时候，就看出你在打什么主意，安娜说不定是这种人。我妈妈就是这样，能读出我所有的心思。我当然想要安娜当我的朋友，但是她是我孩子的妈，这个事实让情况更为复杂。当我们——孩子的妈和我——待在同一个空间时，我常觉得自己语无伦次。特别是她刚冲过澡走出浴室、头发还湿漉漉，或是夹着发夹免得头发落在脸上时，情况便特别严重。一直要到我躺进被窝里独处，那对母女在隔壁房里一起睡觉时，我才能让自己去想到身体，这可以让我再次感觉到自己还活着。我承认自己想过安娜和我可能会擦出火花，我是说，发生某些比这个新生命更灿烂的事。而将我从身体欲望这条窄巷中拯救出来的，是厨房的窗户。我躺在沙发床上，眼睛望过去便是窗外漆黑的夜空和修道院高不可攀的围墙，围墙后方是宁静的葡萄园和我的玫瑰花坛——隔天，我要去照顾我的花。在那黄色的月光下是阴暗的花园，我是唯一认识某些复育品种的人。

六十一

孩子以不可思议的速度成长。在我们独处的每个片刻，或是她妈妈每天早晨到图书馆时，这个小女孩总会让我见识到她又往前迈进，在成长上赢得惊人的胜利。等到安娜回家之后，我们会回放当天的进展。经过一整个早上，等的也就是这一刻，这是整场游戏的重点：我们会陪着安娜经历这段神奇的时刻，确认当她在图书馆用功时，家里的确有了变化；而为她回放的这些进展，也是我亲身体验过的惊喜。

就像那一刻，当我在房里为我女儿找毛衣，看到她在房间的另一边，穿着裤袜站在地板上，双手扶着双人床——突然，那小脸蛋变得很专注，我看到她松开小指头，放开一只小手，接着是另一只，她的动作很谨慎，却也同时流露出笃定的神情。她就这样在床前的地板上，在没有任何扶助的情况下静静地站了一会儿，然后挺起她的小肚腩，大胆自信地跨进了未知的世界，而且整整走了三步！我还看到她举起双手保持平衡，在跨出步伐时，膝盖上明显挤出的小酒窝。

等到安娜进家门时，孩子正坐在地上堆字母方块，我立刻将她从堆到一半的方块边拉开，让她站在地板正中央。孩子此刻就像个四处巡回的演员，站在广场上准备宗教剧的首演。一开始我先握住她的双手，接着慢慢松开，一次只放开一只指头。她也表现出无比的专注，站在厨房中央——然后神奇的是，她竟然懂得将全身重量放在一条腿上，才好举起另一腿，这个动作很快地转换成往前踏出的第一步。随后她又换只脚，重复相同的动作，带着越来越坚定的信心，摇晃着小屁股，像个机器人般地总共踏出四步。她的母亲跪下来接住她，把她举起来，紧紧地拥在怀里。看到这一幕，我知道我这一天总算有了回报。我静静地等着，等孩子的妈表达她的惊喜。而她也没让我等太久。

"太了不起了，她会走路了。你教会她太多东西了，先是唱歌、吹口哨、组合二十块拼图，现在还教会她走路。"

她依然将孩子紧紧地抱在怀里。那喜悦虽然令我感动，但似乎有些过度情绪化，太过激动了。

"我只是一时难以承受，想到我才生下一个婴儿，谁知道一下子，她就会走路了，然后很快地她就会离家了，也许久久才打一次电话……而对于这种事，你也无可奈何。"她的眼眶泛着泪光。

"好了，没事的，"我说，"从现在到她离家恐怕还有很长一段时间。我还没打算送我们女儿去结婚。"

"对不起，"安娜说，"弗洛拉太可爱了，我觉得当母亲的责任深远。"她把孩子递给我，抬手擦拭眼泪。

"弗洛拉出生前我没这么担心，现在呢，我什么都怕。我甚至担心你带她出门买晚餐吃的炖牛肉食材，或是去找你那个影迷朋友之后，便一去不回了。"

我没办法继续控制自己的想法了，因为突然间，我好想和她上床。我的冲动让我焦虑，于是我立刻帮孩子穿上大衣，戴上帽兜。我应该要到花园去，但我却匆匆把孩子推出门，什么也没有解释。我觉得我亟须到外头去，控制一下内心的躁动。我一直在想，既然一年半前的夜里我们有过短暂的亲密关系，如今在我心里的这番激烈反应，应该也算不上我们的关系有什么突破。

六十二

有时候,安娜、孩子和我会一起坐在桌边,各自做自己的事。我兼顾父亲的角色和我自己的兴趣,拿起一本记载了两千五百种植物的厚书,坐在安娜对面,和我女儿同坐在一起看书。

我迅速翻过讲解植物病虫害的章节,跳过草坪和树丛,直接来到花园的池塘和溪流设计,我女儿对这部分好像特别有兴趣。我们注意的主要是插画,而不是文字。孩子用三只胖嘟嘟的指头指着其中一张图片。我真不知道修士们对这个即将完工的池塘有什么看法。孩子的妈坐在我们对面,距离还不到一臂之遥,完全沉浸在代际传递的基因遗传当中,似乎没注意到我们就在眼前。看完溪流设计之后,我们的重点就换成室内的植物。

"世界上最美丽的植物有一部分种在这里,"我告诉女儿,"但是在我们国内,我们只能把这些花种在面南的客厅里,然而这附近,这些植物在辽阔的天空下生长。"我重复这几个字,想用不同的方式来陈述同一个意思。我想借此对女儿语言能力的发展略尽绵薄之力,让她学习如何以不同的方式来探索真相。

"所谓全世界最美丽的植物,我指的是玫瑰。"我告诉我女儿。安娜的视线离开书本,抬起头研究我好一会儿,仿佛想解谜。弗洛拉则像是和我一起做笔记的样子。我在重要信息上标明记号,然后拿铅笔写下来。我女儿也学我拿起铅笔,在书本同一页画了个记号。孩子的妈又抬起头了,把注意力放到我们身上。

"毫无疑问,她和你一样是左撇子。"她说。

这位遗传学家指着用左手拿笔的孩子,这个姿势和孩子的爸相同。她对她女儿和我的兴趣突然倍增。而我面前的书,也刚好翻到杂交玫瑰和自然界异花授粉的页面,我发现我们的兴趣可以就此融合:植物的DNA。不过我对她的响应,却是问她正在研究什么。

"你呢,你在读什么?"我问安娜时,女儿跟着抬起了头。我们都兴致高昂地看向桌前的安娜。她简单叙述了她正在研读的数据,似乎对这个主题的兴趣不大。事实上,她只用了这几个字:"DNA。"说完后,她对我们露出微笑。

"D——N——"孩子从我怀里站起来说话,咬字相当清晰。

"对,我们等一下要去教堂。"我告诉女儿。

"你为什么这么说?"孩子的妈问道,惊讶地来回看着我们父女。

"DNA前缀的字母和拉丁文的'神'(Deo)一样。"我解释道。接着,我用轻快的语气补充:"我们的女儿不只会说她的母语,这个九个月大的女孩其实已经会说两种语言了。"

我们两人都笑了出来,我也放下一颗心。

"你教孩子说拉丁文?"

我告诉安娜,我会带女儿去教堂里看一幅古画,画中的小耶稣很像弗洛拉。

"而且除了教堂之外,这地方没太多地方可去。"

我女儿一副想让她妈妈看她在教堂里学到了什么的样子,于是她竖起三根指头,和画里的孩子比出相同的手势。然后,她又举起露在浅蓝色五分袖罩衫外的那截圆润的手肘,凭空画了一个十字。我瞥了安娜一眼,不知道她会怎么看待这个手势。对此,我倒一点也不意外,因为我们偶尔会看到托马斯神父在主持弥撒,因此孩子最近也开始模仿神父的动作,学着画十字。

"她在做什么?"安娜问道。

"她正在用肢体语言沟通。"我说,"她看到什么就学什么。"

看安娜笑出来,我才放下一颗心。她不像从前,以前她不时会露出担心的表情。这时,我们的女儿也跟着放声大笑,一家三口笑成一团。

"好家伙。"安娜接着这么说。

我发现女人的心思有点难测。不知怎么,我总以为只有我母亲才会说出这种话。

六十三

我使用燃气灶的技术与日俱进，但是我学得不快。在短短的时间内，我学会了七道菜，我会煎肉——肉片、肉块都不是问题——会调理两种酱汁，懂得水煮马铃薯及各式蔬菜，会煮米、做牛肉丸子，最近还会以炒蔬菜取代水煮蔬菜。另外我还知道怎么帮孩子准备各式粥糊，甚至还试着做过加了肉桂的米布丁，味道不差。我诚心诚意为这对母女下厨，而且得到了安娜的赞赏，我不得不承认这是一种激励。

要知道，我做的都不是复杂的料理，像整只禽类的菜色我就没办法了，就算是妈妈，她也不擅长料理这类食物。若是我在花园里忙过头，我也会到餐馆去，请老板为我准备外带的食物。安娜吃餐馆外带食物时，我会仔细观察，但让我得意的是，她对我的赞美多过对餐馆女主人手艺的夸奖。

而对于鱼类的料理，我发现自己总有一天也要面对。于是有天早晨，我带女儿到市场去，想找些类似我家乡鱼种的海鲜，任何长得有点像黑线鳕鱼的都可以。有些鱼很小，我猜，应该是湖里来的淡水鱼，而不是海鱼。这里不卖鱼片，你只能买整条连头带尾没去骨、连鱼肚都没清的鱼。我虽然曾经在海上杀过鱼，但老实说，我从来不曾将整尾鱼处理成裹好面包糠、直接丢进锅里就可以炸的鱼片。没多久，我决定放弃妈妈的做法，虽然我在村里的店家仔细找过，但有些材料就是找不到，比如面包糠。

"你小时候是什么样子？"

这个问题让我很讶异，而安娜也总是那种会问出让我惊讶的问题的人。当我们吃完小鱼——我最后只好整尾鱼下锅煎——之后，这对母女坐在我对面，等着听我的回答。安娜想的虽然是我和弗洛拉之间的关联，但是她似乎真的很感兴趣。我可以告诉她吗？我小时候一头红发，怕晒太阳，宁可待在潮湿的马铃薯田或花坛里，也不想出去晒太阳。我小时候长了满脸雀斑，整张脸都是。爸爸当然会给安娜看家里的那些照片，所以我的叙述应该不至于吓到她。

"我十四岁时个子比同年龄的孩子小，是班上最矮的学生。"我说，"接着在某年夏天，我突然拔高，十六岁时，比同龄的孩子高过一个头。"

"这么说，你过个夏天，就长成男人了？"

"说男人可能有点夸大，发育过度的青少年应该比较恰当。你呢，你什么时候变成女人的？还是说，男人不该问这种问题？"

"几年之间吧，自然而然就逐渐转变了，谁都没注意到。我运气很好。"

接着她问我是否一向对园艺有兴趣。

"是啊，小时候就很喜欢了。其实一开始不是园艺本身，而是因为我喜欢和我妈妈待在花园里，对于植物的兴趣是后来才培养出来的。我从我家温室南边的一块小花圃开始，在上面种了些胡萝卜和小萝卜，还会贴上标识。七岁大时，我站在温室外看得到我妈妈在里头剪玫瑰。她也会试着用进口的种子或球茎来种植，但是我自己那块小花圃多半是用种子栽种。我小时候也爱看书，夏天躺在花园里，冬天坐在温室里，读一些讲到小孩树屋的外国书。大一点之后，我学会到温室里检查湿度、光线和温度。就算是下雪、结霜或是天黑，我还是会只穿T恤，带着书，嘴里咬着铅笔，千辛万苦地穿过及膝的积雪到温室去。"

"有没有人嘲笑过你的嗜好？"

我心里开始盘算，不知该告诉安娜多少实情，该说出哪些回忆。人最好不要全盘说出从前做过的所有事情。

然而，这一类不愉快的记忆只有一次。那年我十岁，问题可能出在我的红色头发。有几个家伙已经跟了我好几天，他们将我推倒在碎石地上殴打，我满嘴都是泥巴和小石子。事后，我嘴里有血，牙床全是沙，但我并不觉得难过。当晚，其中一个人被迫打电话来向我道歉，没说再见就挂掉电话了。电话是我接的，由于通话时间过短，妈妈以为那是通拨错号码的电话。

"没有，"我说，"我之所以没被嘲笑，应该是因为我足球踢得很好。"如此一来，其他孩子就会放过我。我和其他同龄的孩子没两样，只不过没有一天到晚想踢球。

这对母女专注地听我说话。孩子的妈一直看着我，我这番话似乎引起她内心的共鸣，仿佛她能够了解。

六十四

安娜今天晚归了,到现在还没有从图书馆回家。我突然惊觉,她可能在村里认识了什么人,和他们一起去喝咖啡,说不定是老坐在图书馆阶梯上的男人缠住了她。我完全可以想象某个男人企图与她搭讪的模样,和其他男人一样,这家伙在街上对她不断示好,因为她太善良了,这时候精神又不太集中,所以他随便编个借口,她便跟着到咖啡馆去坐。她说坐一下就好,因为她急着回家,但是他的油嘴滑舌让她忘了遗传学,让她笑,也让她忘了时间。

所以,五分钟后,当被小雨打湿的安娜手上抱着一盒面包店买来的蛋糕出现在门口时,我完全无法隐藏自己的喜悦。这兴奋的程度连我自己都大感惊讶,仿佛我这辈子在这时才首次见到她。她把蛋糕递给我,我喃喃地称赞她的毛衣好漂亮,虽然她身上穿的和吃早餐时当然是同一件毛衣。接着我突然觉得局促，整张脸跟着涨红，更糟的是她的脸竟然也红了起来。尴尬之下，我换了个话题，提议由我帮她到楼下用洗衣机洗衣服，因为我也得洗我的工作服。

"再说我也得洗弗洛拉的衣服。"我尽可能冷淡地补上这句话，但话一说出口，我却立即后悔了起来。

她的表情介于惊讶与宽慰之间。

"好啊，"她说，"白色和有颜色的衣服一起洗吗？"

"对，都洗。我可以分两筒洗。"我不知道自己惹上了什么事。我大可在洗手槽里洗孩子的小衣服。

"内衣也可以吗，还是只洗牛仔裤和T恤？"她在房间里问道。

"内衣也可以。你会介意我把你的衣服和我的一起洗吗？"

看来我已经没有后悔的余地了。

我先把安娜的衣服放进洗衣机里，我的工作服则丢着和第二堆衣服一起洗。然后，我花了很长的时间阅读说明书，研究如何使用机器。洗完衣服之后，我带着湿衣服上楼，先把衣服都披在手臂上，再挂到阳台的洗衣绳上。我穿着白T恤站在阳台上，用牙齿夹住晒衣夹，距离住在对街、一天到晚穿着汗衫的居家退休老人只有几米远。我先挂上我女儿的裤袜，接着是她母亲的内裤，一件接着一件，我把自己的私生活挂在晒衣绳上，就像往昔，新婚之夜过后，新人得晾出沾血的床单一样。对面的老家伙带着期待的眼神盯着我，看我把自己过渡性的家庭生活公诸世人眼前。但无论如何，任何人都不能因为我让孩子的妈轻松度日，在她住我租来的公寓里用功读书时为她下厨，而草率地妄下结论。

六十五

村里每个礼拜有一场食品市集，邻近地区的农场都会带来自家的产品。有时候还包括活生生的牲畜家禽，尤其是母鸡或禽鸟类，我刚好可以借这个机会带我女儿去逛逛。市集里充满了各种声音，不但闹哄哄的，还闻得到血腥味。

"啾——啾。"孩子指着挂在她上方的带血禽肉。

我站在拔了毛的母鸡旁边，回想起昨晚梦境的片段。虽然我不打猎，但在梦里，我射杀了一只野鸟。我怀疑自己是否会动手杀害动物，刚出生的小动物当然不可能，但若是为了喂饱家人而杀一只已经长大的雄性动物——我的思考方式这时已然像个父亲——那么我可能会毫不畏惧地动手，我甚至能够直视猎物的双眼。这个梦可能和人的内在心境有关，妈妈一定会用神秘的语气这么说。原来妈妈还在我身边，可以陪我讨论梦境。

我们继续往前走,来到贩卖野味和兔子的摊位,这些动物一样挂在上头,我推着婴儿车快速通过。可我女儿却往后靠,想让视野更广些,好看清楚垂下耳朵挂在摊架上的兔子。我想,这个市集设计之初,大概没考虑到高个子的客人,所以我只得弯腰驼背地闪躲野味毛茸茸的耳朵。

这时候,我其实没有特别在想什么事,所以当眼前这些野味让我脑中产生荒唐的念头时,连我自己也吓了一跳:我仿佛看到一只躺在地上、四只粉红色肉掌朝天、求人爱抚肚皮的猫咪。但也在这一瞬间,我才清楚看到自己成了已婚男人——我们甚至是在教堂里结的婚。我看到自己和一个值得一辈子追寻的女人同处一室,两个人没做什么,我只是和她待在同一个房间。我愿意帮孩子洗澡、换尿布,当孩子的妈从研究所下课回家之后,我也已经帮孩子穿上睡衣。接着,我还会在我女儿玫瑰般的脸颊上轻轻抹上杏仁油,这么一来,当我的妻子亲吻孩子时,会闻到她身上散发出杏仁油的香味。之后,我们当中会有一人比另一人先离开人世。当然,除非我们同时丧命,就像森林道路上那对夫妇一样——当我把车内的冷气开到最大,挡风玻璃上也沾着雨水和雾气时,一辆卡车从高速公路上疾驶而过……

我看到小贩正对着我说话,但是我没立刻听懂他的话。

"你要大的还是小的?"他问道,"要兔爸爸还是兔妈妈?"和顾客说话时,他手上还拿着用来挂野味的钩子。小贩把野味从钩子上取下来时,弗洛拉睁大了眼睛看。

"喔,喔。"她发现动物一动也不动,便出声回应。

我则完全沉浸在自己毫无节制又不成熟的婚姻幻想当中,当真考虑买下野兔肉。但是我的厨艺实在不足以让我处理这么复杂的料理。

但是小贩斩钉截铁地表示野兔很容易烹调。

"就连两岁小孩蒙着眼睛都会煮。"如果我没误解他的方言,意思应该是这样。我怀疑,这句本地话有没有更深的含义。

他说,他会帮我处理好兔肉,只要涂上黄油和芥末酱就可以丢进烤箱。

"就这么简单。"他一边磨刀,一边用令人信服的语气说。

"烤多久?"

"一到两个小时,要看你什么时候回到家。"他回答,动手剥下兔皮。

晚餐前两小时,我打开蜡纸,拿出剥了皮的紫色野兔肉,开始准备。我按部就班地依照小贩的指示,在兔肉两面都涂上黄油和芥末,但是最耗时的是研究如何启动燃气烤炉。因为我完全不熟悉这道菜的做法,所以不敢加上任何配菜,而是用水煮马铃薯和蔬菜,再准备好我用来搭配过几次牛肉的红酒酱。

野兔肉上桌时,我明显感受到我这位女性友人对当晚菜色的惊讶。

"好香哦。"她犹豫地看着肉。"是小兔子肉吗?"

"不,是野兔。"我回答。

我女儿兴奋地拍着手。

"啾——啾。"孩子学小鸟展翅般挥动双手。

"我们家的小丑角。"我说道,然后纳闷地想,不知该从哪里下手,才能把这只小动物切成可食用的大小。还好安娜出手救了我,她不但切开兔肉,还为只长出八颗牙的孩子把肉切成小丁。

芥末烤兔肉的滋味其实不坏,但是照安娜温和的说法,这口味很特殊。

"我觉得很特殊。"她虽然这么说,但仍然吃了两份兔肉。我想安娜可以吃下任何摆在她面前的食物。

"真抱歉,我过去几个星期太忙了,"她说,"来这里之后,我一餐都没煮过。我和你不能比,你的厨艺太好了。到底是从哪里学来的手艺?"

她穿的是连衣裙,这是我第一次看到安娜穿连衣裙。我们的女儿也穿上黄色花连衣裙和最好的一双鞋,连衣裙外还套上了围兜。这对母女都戴着发夹,看起来很像一起在庆祝某个活动。这时,我突然想到安娜的生日——到现在,我对她仍旧一无所知,我竟然连孩子的妈哪天生日都不知道。

"不是今天,"她说,"我来这里之前才刚过,我的生日在四月。是因为晚餐的味道太吸引人了,我们才决定打扮一下。"

六十六

我没办法解释接下来的发展，而且怎么都想不通。虽说，我躺在沙发床上盖着被子独处时经常幻想这件事，但是我实在说不出自己究竟是怎么回事。我比较相信这件事纯粹出于无心。

当时，我先把女儿送上床，收拾好玩具，才再回到厨房。她已经洗好了碗盘。这次，她面前没摆着书。她穿着连衣裙戴着发夹，我可以感觉到她用一种全新的方式看着我，仿佛想向我倾诉私事。于是我脱下毛衣，解开衬衫扣子，松开皮带，这动作看似要就寝，也像脱下衣服等待医生体检。事实上，一切完全没有预谋，我说不出自己为什么会觉得时机已经成熟，可以让我站在厨房里脱下衣服。她看着我，当我突然开始脱衣服的时候，我感觉到她的悸动。我的想法早已超过她的想象，而且一路奔驰,但是当我动手脱衣时,我立刻知道自己犯了错。然而我像个打定主意彻底执行一件尴尬但急迫的任务的男人,没有停止动作,直到光溜溜地站在一堆衣服前面为止,像巢里的一只雏鸟,像脱了羽毛的鸵鸟。同一个时间,我注意到安娜手里握着一支笔。到了这一刻——真的就在这时候,我才想到,她可能只是想问我几个遗传学书里的拉丁文单词,像是同学间的互相讨论。因为桌上有本书,而除了想在书页空白处写笔记之外,有哪个女人的手上会拿支笔?一个想和男人做爱的女人绝对不会拿着笔。她看我的方式的确像是想开口询问有关基因的问题,而我的反应却大出她所料。如果我没做出这样的反应,接下来,她应该会开口问我这个拉丁文天才:"你知道这个字是什么意思吗?"然后走到书本前面读出某个拗口的拉丁词汇。

不管怎么说,总之,我已经全身赤裸,与其什么事也不做,我决定不如抱起衣服丢到厨房的椅子上。尽管我这时处境有些困窘,但我却不觉得滑稽。我很幸运,懂得不把自己太当一回事看,而我所指的不是裸体这回事。不过,眼前情势对我有利的部分,反而是我对自己的身体有些陌生。只是身为男性又面对这样的处境,实在让人尴尬至极,如果能知道她在想什么,我愿意双手奉上我所有的花草——包括我的六叶三叶草在内。

然而接下来我所能做的，只是走向她，指着书上她看不懂的词，她咧开嘴笑了。我实在不懂女人。她先是对我露出全世界最美的笑容，然后就咯咯地笑了出来。一时间，我感到松了口气，也跟着笑出来。感谢上帝，不至于让这么荒谬的事情影响到我。到了这时候——在身体做出唐突行为之后的此时，语言终于可以接手了，但在我假想的沙漏中，时间之沙却迅速流失，我不停挣扎，想找出能拯救自己的语句。是的，我发现我太喜欢安娜了，我不想失去她，不希望她为了这件事离开。一字之差，就可以让我挽回或失去一切。我突然觉得很热，又觉得很冷。有哪些话语够有力，可以删除这个裸男事件，扭转情势，回到我追寻真理的正途？不，我身在溪流中央，强大的水流将我卷入旋涡，我看不到河岸，这二十二年当中，我显然什么都没学会。

而我能想到的唯一对策，就是让肢体继续活动。这次，我弯腰从衣服堆里挑出一件衣服。我先穿上内裤，接着是T恤，然后拉上牛仔裤，连扣子都懒得扣。我走到水槽边，拿起水壶装水。

"我看，我最好来煮些茶。"我说着，便在水壶里加满水。我听见自己声音微颤。不知怎么地，我觉得自己必须弥补她，这样一来，我们才能继续当朋友，把刚刚的突发事件当作一时的脱轨。我看看手表，希望我能把生命倒转回六分钟之前。女人要花多久时间才能忘掉这种事?

"睡个觉,时间过了就行了。"妈妈一定会这样说。

但是,如果安娜突然开始打包,决定到别的地方去写论文,我会毫不犹豫地说:"请你不要离开。"

我同时也在想,说不定花草可以改变僵局——这个念头就这么自然而然地浮现——比方说,到阳台上把整盆百合花搬过来送给她。

我想找茶包。

"你知道茶包在哪里吗?"我的声音又恢复正常了。我把水壶放在燃气炉上,点火烧水。我仍然背对着孩子的妈,我以为她应该站在桌边,于是朝那个方向说话。没想到她出现在旁边,身体靠着我,燃气炉火焰的热气一路沿着我的脊椎往上烧。她的手轻抚我的肩膀,接着滑到手肘,握住我的肘关节。然后,她抱住了我。

"对不起,我是说,我刚刚不该笑。"她说,"我不是笑你,而是因为我太快乐了。"

我急忙放下茶壶,关掉燃气炉,跟着她走进卧室。我的动作比从前任何时候都快,因为我没系皮带,牛仔裤也没扣。而这一次,我毫不迟疑,甚至不确定丝绒窗帘有没有拉好,只见到夕阳余晖透入房里,想必天边已然横陈着一抹独特的粉红云彩。

六十七

事后,我有种事情根本没有结束的感觉。我们的躯体和心灵都还没有清楚分离,有那么几分钟时间,我们起伏一致地呼吸。接下来有整整十分钟,我觉得我不可能与另一个人如此接近。太不可思议了,我怎么可能和一个女人这么接近,她在我体内,而我在她体内。我喜欢她,喜欢到入骨,虽然我们一起生了个小孩,但这不重要,她是个崭新的、完全不同的人。时间的迷雾遮住了温室,就算是温室遭到野蛮人攻击,被摧毁殆尽,我也不会惊讶。这下子一切总算清楚了,每次我问起爸爸怎么处理西红柿、怎么送人时,他总是顾左右而言他。

我抚摸她的全身,想确认她真真实实地在这里。最后我才走出房间,去厨房的水槽倒了一杯水喝。此时天色变得很不一样,闪闪地发着光,月亮则在云层间飘移。住在对街的失眠老人站在窗边，我看到他盯着我。我又回到床上爱抚她的背，她转个身，但是没醒。我发现她很瘦。我的手在她身上来回轻抚，慢慢移向腰际，在她腰线下方几厘米处有床单遮掩，我的手又一路往下探向她潮湿的双腿，像个摸索道路的盲人。我没吵醒她，但做尽所有我能想到的事。尽管皱巴巴的床单掉到了地上，我也任由它去。接着我发现有两只眼睛在黑暗中看着我，宛如两颗小太阳。是弗洛拉，她站在婴儿床上困惑地看着我，因为我没躺在我的沙发床上。

"躺下来睡觉，现在是晚上了。"我说，斩断任何发展对话的可能性，更别提帮她换尿布。不过，我的话不足以说服她，这时是七点，光线透过窗户照进来，但是我想和安娜享受片刻的宁静，不想让孩子来打扰。我半闭着眼，想让我女儿明白我既不想聊天也不想玩，但是我看不出我的拒绝是否惹恼了孩子。感谢地心引力，她又躺了下去，顺服地把头靠在枕头上。我凝视她连身衣背后的三个压扣和她踢在脚边的被子，于是，我蹑手蹑脚地靠过去帮她盖被，走开前还飞快地瞥了她一眼。她转头面对墙壁，抱着兔子玩偶。我看到她的下唇颤抖着，显然是在努力克制住眼泪。

"我们明天再玩拼图，"我加上一句，"晚安。"想让她知道对话到此结束。我接着回到另一张床上，伸出双手抱住躺在我身边的女人。

十分钟后,婴儿床上的孩子再次站了起来,在昏暗的光线中看着我。

"爸——爸——爸——爸。"她喊得很急切。

我坐了起来。

"你想要我们去煮些粥吃吗?"我问她。

我站起来穿上裤子,到小床边弯着腰看她。我女儿张开嘴巴,放掉兔子湿答答的耳朵,对我微微一笑。我用颤抖的双手抱起她,发现心里满溢着一股从未体验过的崭新感受。

"我们让妈咪睡觉。"

"妈咪睡睡。"

在我帮孩子煮粥时,我思考着该如何面对刚发展出来的情势,在安娜醒来,走出卧室后,我又该怎么应对。我要怎么处理这个陌生的亲密关系?这是我第一次和女孩上床之后留在原处。直到现在,我总是在她们开始准备早餐之前便先离开,当然,我不会不告而别。再说,现在我也走不了,因为这是我租来的公寓;而安娜也跑不掉,因为我们暂时住在同一个屋檐下。

我拉开厨房的窗户。玫瑰花园上笼罩着一层薄雾,外头仍是一片死寂。对街的老人已经离开他家窗边,我想,他一定是吃了安眠药。

六十八

家里有蛋，有牛奶，如果我向顶楼邻居——我们一大清早就听到她起床走动的声音了——借来两杯面粉，我可以参考妈妈的食谱，帮安娜做些薄煎饼。托马斯神父播过的电影当中有一幕，几个人坐在桌边吃加了黑醋栗、淋上糖浆的薄煎饼，我觉得这个搭配方式看来很可口。

此时我还打着赤膊，于是我先穿上 T 恤，才抱起穿睡衣的弗洛拉上楼去敲门。老妇人看到我们很高兴，想邀我们进去坐坐，但是我说我们赶时间。她表示她的朋友在见到我女儿之后气喘有了好转，因为气喘而引起的忧郁也明显改善了。她想说的是她住在邻村的表亲下周末会搭三个钟头的火车来访，这位表亲受了许多苦，现在又得了癌症。她想介绍她表亲认识我女儿，不知是否可行。

"她只住一天,隔天立刻搭火车回家。"她站在门口,扭扭捏捏地说。

当我的情人脸色红润地走进厨房时,我正在为锅子上的第四个薄煎饼翻面。她夹着书,手指插在当中作为书签。她若无其事地对我微笑,过来亲吻正在桌边玩拼图的孩子,接着坐下来,翻开书。我们再次变回了单纯精神关系的朋友模式——纯粹是出于意外,才生了一个额头上垂着金黄鬈发的小天使。

"真是太好吃了。"这是她对糖浆薄煎饼的评语。我看到她下巴上有我留下的刮痕。我不知道自己应该和她保持什么距离,再次地,我们之间又隔了一张桌子的宽度。我甚至不确定她是否知道我在看她,而且是用全新的眼光凝视她。我实在无法想象,从前,我怎么会觉得她长相平凡。一年半之前的我对现在的我来说,是个神秘莫测的谜,宛如陌生人。

"什么事?"她带着微笑,几乎害羞地问。

"没事。"我说。

我反复思考这个奇迹:对一个与我没有血亲关系的人,我竟然有种亲密的感觉。

接着她问道:"你最近动过手术吗?你从前——十九个月之前——没有伤疤。"

我们女儿的头转左转右,来来回回地看着她的双亲。她是否知道这屋子里已经发展出新的局面?是否知道我们之间的关联如今已经不仅仅止于她?

"是啊,我两个月前割了阑尾。我的身体和从前不一样了。"

孩子看着我力图镇定。我突然不知该怎么面对这种亲密关系,这让我不安,于是我站起来找毛衣。我不能让安娜看到我的慌乱,让她目睹她对我造成的影响。在同一时间,她也站了起来。

"我要去图书馆了。"说完话,她向孩子吻别,接着犹豫地看着我。我同样犹豫地看着她,最后她决定采取行动,也亲了我一下。

这让我陷入了困境,而我太激动了,没办法处理。于是我帮孩子穿上外出服,抱着她下楼,放进停在楼下的婴儿车里。如果安娜问起我的感受,我该怎么说?我应该说出实情,表示我不确定,但会再仔细想想吗?男人没办法在每次事情发生过后便立刻表达看法。

早晨这时候路上的人不多,但是咖啡馆已经在外头摆出了三张桌子。我不太能想象接下来的发展,不知道一天当中的不同时刻是否就此改观。在昨晚之后,我们要怎么度过白天的时光?一天当中的几个时段——早晨、下午、傍晚和夜晚,是否都会有新的意义?我和她之间到底有没有关系?我现在是她的男朋友了吗,或是我们仍然不算情人?我们之间有爱情,还是只有性关系？如果我们是情侣，这是否表示二十二岁的我已经是这个家庭的父亲？难道我只是她的床伴？若真是如此，状况会不会有所不同？

六十九

　　这天的散步路线从电话亭开始。我跳进电话亭里打电话给爸爸,而我女儿,我就让她坐在婴儿车里,并且伸出脚挡住门,好让她看得见我。爸爸接到我的电话很高兴,他说,这阵子以来,就算他有好几天没我的音讯,也不再那么紧张了,他不像从前那样老担心着我。

　　"对不起,我好久没打电话了。"我说。

　　"我完全了解,你不像从前那么需要老爸了。"接着他转移了话题,表示有新闻要告诉我,"你双胞胎弟弟约瑟夫在护理中心里交到了女朋友。"

　　"对方是个好女孩,"他继续说,"他们住在同一个中心,他下星期要带她回家做客。她的双亲也要一起来,我一直在想该准备什么东西?我的厨艺实在不够灵光,不像你妈妈那么拿手。"

"鱼肉丸子怎么样?还可以准备加了鲜奶油的热巧克力汤当甜点。和你帮我饯行那天晚上一样。"

"也可以。鱼肉丸子里是不是要加两匙马铃薯粉?"

"我记得应该是。"

"你觉得拉威尔怎么样?"

"你说什么?"

"我一直在听拉威尔的音乐。"

"爸,我不确定现在是不是还流行听他的作品。"

"你不缺钱吧,洛比?现在你家里人多了些。"

"不缺,你别担心。"

教堂里正在举行弥撒,我一时兴起,想在弥撒结束后和托马斯神父打声招呼,于是我等待他离开教堂。他看到我很高兴,提议到咖啡馆去喝浓缩咖啡和杏仁甜酒。我们一起穿过广场,我接受他邀请的咖啡,婉拒了甜酒。我抱起婴儿车里的孩子,递了块饼干给她,坐在正向附近村民打招呼的神父对面。他凝视着孩子,一边和我聊天。我发现他和我弟弟约瑟夫一样在咖啡里加了三块方糖,还用咖啡匙捞起没融化的糖吃。我想都没想,便一股脑儿地将所有的烦恼告诉托马斯神父,我说,我可能凑巧爱上了和我一起生下孩子的女人。

"我很怕遭到拒绝,怕她会把我从她身边推开,但她没反对,我反而更害怕。"

我向他解释自己仿佛一脚踩在摇晃的小船上,另一脚踩在码头上,两种力量朝相反的方向拉扯。他喝完了咖啡。我觉得有必要把故事的前因后果告诉他,说明在一时的疏忽下,就算是和朋友的朋友,人也能意外生下孩子。这个手拿口水沾湿一半饼干的小人儿完全出自偶然,如今也有了她自己的生活。

"就这么一回事。"我说,拿饼干屑喂食在咖啡桌边的两只鸽子。

"巧合自有其道理。"他说完话,又点了一杯浓缩咖啡。

我再次看着他从糖罐里拿出三颗糖,丢进咖啡杯里。

"你们的行事方式和一般的顺序有些不同,"他继续说,"你们先有了孩子之后才开始彼此认识。"他啜了一口咖啡。

"一段爱情能持续多久?性关系呢?如果是两者的综合体呢?有可能持续一辈子,永远不变吗?"

"是的,可以,当然可以,"托马斯神父说,"一个男人和一个女人的关系当中有许多面向,外人是不会了解的。"

我仿佛能听到妈妈的声音,这正是她会说的话。

"要了解你身边的人,了解她的感情,这种事实在太难。"我说。

"没错,有可能。"托马斯神父点了第二杯杏仁酒。"根据我对你的认识,我能给你的忠告你可能老早就做到了,而且在一切明朗之前,也已经详加思考了。"

我女儿吃完了饼干,饼干屑全糊在脸上。我翻翻口袋,又在婴儿车里找,想找个东西帮她擦干净。但我的同伴动作比我快,把他的手帕递给我。

"手帕是干净的,"他说,"为了教区孩子的不时之需。"他微笑地看着孩子。我看得出他正在思考,不知该建议我看哪部电影。我的女儿对鸽子很有兴趣。

"我在想一部电影,"他说,"一部我不久前才看过的老片子,如果我没记错,伊夫·蒙当和罗密·施奈德可能可以教你一些事。""就像你说的,"他继续说,用简单几个字总结我刚刚的话,"最危险的不是初夜,而是无所知——不是无预期——的魔力消失后的第二夜。我记得这句话好像是罗密·施奈德说的。如果有人能帮你带小孩,欢迎你今晚过来看电影。"

我为孩子拉好帽兜,和神父握手道别,感谢他请的咖啡,并且告诉他我今晚不太可能有空。这一整天,盘旋在我脑海里的最大疑问,是我们今晚会不会再度同床共枕,或是说,昨晚只是个独立事件,是个在特殊情势下的例外,孩子的妈可能只是想拉我一把,让我不至于陷入尴尬的状况中。到目前为止,我从未和同一个女人连续同床两晚,因为那表示我们的关系是认真的,而且对彼此做出了承诺。即使就数学计算的角度来看,这是我们在一起的第二次,但至于第二夜究竟是昨晚还是今晚,那又是个见仁见智的问题了。

七十

安娜从图书馆回家时,手上提着两个袋子。我注意到她在走廊上飞快地照过镜子检查仪容,之后才把袋子摆在厨房的餐桌上。

"我买了些食材。"她说道。我帮她把东西拿出来放在桌子上之后,本来想伸手去抱住她,但又觉得时机不对。我看到她买了些禽鸟类食材,可能是鸭子,但切工刀法不同,我不知道该如何料理。她说,她打算亲自下厨。

"换个方式。"她说,"我决定鼓起勇气试试看,同时也要庆祝弗洛拉和我过来与你住了三个星期。"

"你会下厨?"我问道。真令人惊讶,我以为这个女生——我孩子的妈——完全不懂烹饪。我说:"我以为你是遗传学家。"

她对我大笑着。

"对不起,"她说,"之前一直没下厨,老是让你负责这件事。"

我抱着女儿,看着孩子的妈熟练地处理鸭肉,看来,她真的知道自己在做什么,她还信心十足地剁碎枣子、苹果、核桃和芹菜,手脚利落,没花几分钟便把这些材料填进鸭肚里,好像她曾经在餐厅厨房里长时间工作过。对于安娜这崭新的一面,我不知道自己该高兴还是该失望。虽然我学得慢,但我正开始享受下厨的喜悦。

"我从小由爸爸带大,他最喜欢的就是下厨,可以在厨房里待上好几个小时研究新食谱。"她解释,"他若没去钓鳟鱼,就是去猎岩雷鸟,如果没猎岩雷鸟,便是去猎鹅或猎鹿。有一天,他带了一只田鹬和一只大天鹅回家,他说是不小心打中的。我记得他花了一整天的时间,关起厨房门料理大天鹅,大天鹅把整个烤箱都塞满了。但是我呢,我很早就对下厨失去了兴趣。再说,厨房里也容不下我。总之我觉得,你只要看过食材怎么料理,就会知道下厨不是件难事。"她边说边缝合放在沥水板上塞满材料的鸭胸,以免里头的材料掉出来。我看着她拿出锅子准备胡萝卜慕斯和甜薯,顿时发现我对孩子的妈可说是一无所知,更别提孩子的外公还是个狩猎高手。

"怎么了?"她面带微笑地问道。

"没事。"

"明明就有。怎么了?"她又问了一次,"你为什么这样看我?"

"我在努力想象,想知道禽鸟猎人的女儿是什么样的人。"

"内心深处吗?"她问道,用水蓝色的双眼看着我。

在鸭子送进烤箱之后,我下楼到车边,把后备厢剩下的葡萄酒拿上来,在路上刚好遇到了托马斯神父,便抓住机会送给他两瓶。

"和你自己那些酒比较看看。"我说。他告诉我,大家看到我在短暂缺席后又回到花园工作,都感到很高兴,修士们对花园的兴趣比从前浓厚多了。

"他们比从前更常到户外了,"他说,"也发现呼吸新鲜空气对身体有好处。保罗修士想浇花,那是他二十年来首次打湿脚踩在地上,但是他对再次接触到大自然,觉得很感激。他们也很高兴看到你为玫瑰标记了名称。现在他们可以在花园的旧步道上散步,一边看着标签上的花名复习拉丁文。"

当我回到公寓时,安娜已经将配菜放在餐桌上,正要把鸭子从烤箱里取出来。弗洛拉坐在自己的椅子上,戴上了围兜,手上握着汤匙。这顿晚餐真是美味极了,但是我们都没什么胃口。我承认我不想继续睡在沙发床上,更何况隔壁卧房里有张双人床。我站起身准备帮弗洛拉洗澡,安娜突然喊住我:"让我来吧。"

我站在厨房里看着窗外的夜色，认出小丘上修道院里的几点灯光。明天我要去修剪草坪，把花园里的长椅搬到储藏室里上油。接着，我要在新辟的花坛上撒下几种生菜的种子，也要继续整理香料园。

我将厨房清理干净，便直接走进卧室躺在床上，然后轻轻拉开安娜身上的被子。

当弗洛拉早上醒来站在婴儿床上时，说实在的，我们根本没睡饱。我不否认我开始想象这样的世界：先有我们两个人，然后才是其他人。有时我觉得孩子和我们同属一个团体，我们两人和孩子合而为一，但有时候我又觉得孩子也是其他人。

七十一

我们对于这段关系只字不提,然而我从来没有这种情侣带着孩子的生活经验。我发现,和另一个人一起过日子其实一点儿也不复杂,只要你可以和对方做爱就好。尽管我的地位仍不明确,但是我依然快乐又兴奋,只是我不会对任何人大声地说出这些话。

安娜仍然沉浸在她的研究中,脑子里也经常只有自己的思绪,她虽然在我身边,却让我感到有段距离。唯一的例外是在床上,她一点也不疏远。有时候,直到上床之前,她的表现就仿佛没发现我的存在似的。接着,一切都改变了。只要我们一躲进床单下,新的生活便取代了原有的模式,而白天,在床单外,我们反而像手足。走在街上时,甚至有人问我们是不是兄妹。我们在路上不会手牵手,在白天不亲吻;带孩子上街时像兄妹，坐下时一定是面对面，在家则轮流下厨准备晚餐。我掌厨的胆量越来越大，因为我想为安娜带来惊喜，我甚至对肉贩让步，凡是他推荐的我都会买，包括鹿肉。

然而，夜生活逐渐影响到白日的作息，而我们在工作、课业之后的活动又足以影响一整天。我们在白天比从前更踌躇、更害羞，交谈的机会也更少，因为我们会想到夜里的事。有时候，我甚至在午餐之后便会开始想象，一整天期待的也只有上床。

我们之间的对话，虽然大多和小孩有关，但在我下厨时，安娜仍然会称赞我的手艺。而我自己在晚上却没什么胃口，安娜倒是吃得不少。此外，我们绝口不提稍后要做的事，只是帮孩子洗澡和洗碗的动作都加快很多。

我们的女儿很体贴，一碰到枕头就能立刻入睡。她吸着奶嘴，把玩偶兔放在身边的靠垫上，一会儿之后便香甜睡去。无论日夜，这孩子怎么看都很完美。我回家时，只要弗洛拉入睡，安娜便会合上书，站起来。我们不在乎时间是否才八点，随手丢下一切——包括书本和衣服——一句话都不多说，就直接上床。家里没别的事让我们分心，我们没有电视，没有战争、谋杀的新闻，我们也没有访客会上门，所以我们可以缩短女儿用餐的时间，送她上床睡觉，反正她不会介意。偶尔我们会急切些，在这种情形下，我们会把碗盘留在桌上，放到隔天再清洗。渐渐地，我们的交谈越来越短，事实上，我们也不须借由言语来表达。我几乎像是听到神父的声音，出现在双人床上方二十英尺的天花板上，就在鸽子的双翼间出现一段白色的字幕："就这个案例而言，渴望与肉欲有极大的关联。"

七十二

我女儿在睡午觉,我站在情人的面前,而后者坐在桌边看书。她随即放下书本。

我本来想说我要去花园,但是我惊讶地发现自己说出完全不同的话:"我在想,我们是不是可以谈一谈。谈谈我们的事。"

"你所谓'我们的事'是什么事?"

"我们是不是可以讨论我们之间的狀况。"

她似乎很惊讶。

"什么状况?"

她低声说话,眼神闪烁。她仍然握着笔。这表示在我打断她之前,她没有打算停下手边的课业,只是稍停一下,好回答我一两个问题。晚上呢,只要我一哄孩子入睡,她会立刻放下笔。但这会儿不同。她还没准备好,还没办法讨论我们的关系，因为时机不对，我的问题来得太早，没挑对时间。事实上，我自己对这件事也没太多话好说。

"我们睡在一起。"

我说出来的话和脑子里的想法有极大的差距。

"所以呢？"

我没说话。

"你不能爱上我，"她终于说了，"我不知道我会不会辜负你的感情。"

我没说：这时说这种话已经太迟了。

"你不能指望感情会永远不变。"她说。

我试着去听懂她的意思，想厘清什么叫作"不能指望感情会永远不变"。老实说，我的确想过自己是否可以这样度过余生，每天晚上都等着和同一个女人上床。再过五十五年，我会和爸爸一样老——七十七岁。而五十年大约等于和同一个女人共度一万八千两百五十个黄昏和夜晚。当然，前提是对方没在美丽的熔岩地发生车祸。这也表示我可以欢庆、期待一万八千两百五十个黑夜。我看着钟，想替自己、替我们找出改变局势的方法。

"我老是想要和你上床。"我的说法像是要收拾没办法以其他方式解决的残局。这时是下午两点，我们女儿的午休时间还剩下一个小时。

我们的对话多半是在这种情况下——确切来说是在床上——结束，虽然我们什么都没解决。但不知怎么的，事后，我们似乎从来不觉得这事需要进一步讨论。肉体接触一向能压制有待解决的问题，而问题就像山丘上那团红蓝色的迷雾一般，会在早晨第一场弥撒之后消失。

然后有一天，她在卧室门口喊我，于是我抬头看。直到我听到她按下快门、闪光灯朝我照过来时，我才注意到她拿着相机，而我一半的身子都还盖在被子底下。她又转动了一下相机底片。

在这之前，她没帮弗洛拉在户外照什么相片。

"我想拍一张你的照片，当作纪念。"

"你要离开了吗？"我觉得她手上对准我的东西比较像把枪，而不是相机。在她按下快门之前，我霎时双眼发直，几乎想对她大喊：你不如动手杀了我吧。

"没有。"她的回答真简单。

我想借由下床穿裤子的动作来隐藏澎湃的情绪，但是我相当谨慎地不要背对安娜——我的情人。

七十三

我乐于与人分享经验，但我不是那种会说出自己和女人之间私事的人。如果有人坦率地对我透露私事，我也不会拿那些细节大肆宣扬。安娜和我之间的事，是我们自己的事。但我不觉得到宿舍七号房找圣爱专家咨询，是背叛安娜的行为。更何况事实证明，大约十天前，我和神父讨论过相关的话题，并且得到了各种领域的丰富知识。

我坐着和神父谈话，我女儿穿着条纹裤袜在我腿上扭来扭去，由于我这次来访谈的是正事，所以我们分别坐在桌子的两侧。他邀我喝杯烈酒，但我带着孩子，觉得不太恰当。我发现神父把穿着蓝色针织连衣裙的陶瓷娃娃放到了桌上。我直接切入重点："一个男人要如何知道女人是否爱上他？"

"与爱有关的任何事，都不容易百分之百确定。"神父把玩偶推向我女儿。

"如果女方表示她害怕的是男方出门购物就一去不回呢？"

"那么她可能希望独身离开。"

我发现他一边和我说话，一边观察孩子玩耍。

"如果女方的思绪飘到不知几英里之外，这是否表示她不热切？"

"可能是，但也可能表示她很热切。"

"那如果女方告诉男方，说他不可以爱上她呢？"

"这有可能表示她爱他。这让我想起一部意大利老电影，你可能会想看看，片子里探讨的是类似的问题。导演设计的对白中缺乏信念，借此为电影中的情感定调。"

"但是，如果她说她还没准备好，还不能开始一段关系呢？"我女儿把玩偶交给我，她想要我帮她脱掉玩偶身上的衣服。

"这可能表示她已经准备好了，只是不知道你是否也一样，怕被你拒绝。"

"若是她表示她想离开，一个人独处呢？"

"她可能想要你和她一起走。"神父站起来，目光扫视架子上的收藏。

"有句话说，爱可以有智慧，"他站在房间的另一边，背对着我说，"但热情则不然。不过，如果你把生命完全架构在智慧之上,你的热情会落败,就像这里头说的……"他说道。我知道他引述的不是《圣经》。

我女儿要我把玩偶的衣服穿回去。帮玩偶穿衣服最困难的步骤,是把手臂塞进袖子里。

"找到了。"他终于拿着录像带朝我走过来,"关于女人的情感,你在大导演安东尼奥尼的电影里可以学得不少知识。你家里有录像机吗?"

七十四

我感觉到安娜越来越不安,然而表面却是一切正常。尽管她的举止和应有的表现没有太大不同,但我突然觉得自己的时间即将用尽。

"什么事?"她问道,"你一直盯着我看,一副紧张兮兮的样子,你和弗洛拉一样,都用带着指控的眼神看着我。"

"你打算离开吗?"我尽可能不动声色地问,但我可以感觉到自己的声音在打战。

"对。"她说。

老实说,我本来都要开始以为自己的怀疑纯属空穴来风,但是生命老是用这种方式带来惊奇:当你期待好事出现时,坏事一定会发生;而当你以为厄运即将临头时,好运道却等在面前。这是我在电影里看到的对白,那是我开始和神父一起看真正好片之前看的一部无聊西部片。

"什么时候?"

"后天。我在这里能做的都做了,也得到了结论。"

我没问她得到的是学业上还是我俩关系的结论,于是,我继续坚守电影对白。我想告诉她,若是她愿意给我们的关系一个机会,那么一切可能会和她想象中的不同。我觉得自己似乎听到了托马斯神父的声音。

"当然可以。"

我体内的一切开始崩落,但是我不愿意表现出来。

"对不起,"她轻柔地说,"你是个很好的人,亚仁图,你善良又慷慨,但问题在于我,我很困惑。"

我觉得头昏脑涨,仿佛脱离了周遭环境,突然间,我开始流鼻血,我拖着红色长纱般的血水冲向水槽。我用力吸气,往后仰着头,握着水槽边缘吞下血水。鼻血流得很猛,像是祭典上正要献祭的动物。

安娜拿来一块湿布帮我擦鼻血,她显得很担心。

"你还好吗?"她问道。

我在厨房桌边坐下,仍然仰着头。安娜站在我面前,她穿着一件桃红色的毛衣,这个颜色很特别,我以前没看过。

"你真的确定你没事?"她又问了一次。

我们都没有说话,接着,她低下头,犹豫地说:"我觉得,在我成为一个母亲之前，我还有好多事要做。"我拿开捂住鼻子的布，鼻血看来是停了。我想，我也不必提醒她：她已经是母亲了。说这种话毫无意义。

"我还不打算立刻生孩子。"她这么说，好像我们是一对没有孩子的情侣，正在计划未来。她安静了一会儿。

"我真的很喜欢你，但是我希望保持单身——至少几年，先找到自己，完成学业。我觉得我还太年轻，不想立刻组织一个家庭。"这位比我大两岁的遗传学专家接着又说。

我手上抓着刚刚那块湿布，布上有血迹，我的鼻血也溅到了衬衫上。

"你和弗洛拉相处得很融洽，比我们母女的感情还好，"她说，"你们不费吹灰之力便亲近了起来，随时都找得到乐子，你建立了一个父女之间的世界，而我并不在里头。"她立刻又说："而且我说啊，你们还都是左撇子。"

"但她只是个孩子。"

"你们父女的意见永远一致。"

"你这话是什么意思？"

"你们甚至会一起说拉丁文。我觉得自己是多余的人。"

"说她懂拉丁文未免有点夸张。她才听得懂几个字，五个，最多十个。"我想了想，然后说，"应该有七个。她在弥撒时学来的几个单词。孩子就是这样。"

"十个月大的孩子也是?"

"当然了,除了弗洛拉之外,我对孩子没有经验。"

"我没办法像你扮演父亲的角色一样,去好好扮演母亲的角色。"

"我可能只是想吸引你的注意力,让你留下深刻的印象。"

"借由教她说拉丁文吗?"

"借由好好照顾她,还有,照顾你。"我轻声地说。

"你人真的很好,亚仁图,"她重复刚刚的话,"善良又聪明。"接着又说她喜欢我。

"这四十天是一段美好的时光,"她继续说,"但是我不可能要求你守在我身边等待,"她把脸埋进掌心中,然后说,"我是说,在我寻找自我的时候等着我。"

"是的,"我说,"你不能这样要求。"我心想,话虽如此,但她可以尽管开口要我等她。

七十五

　　昨晚犹如一段漫长且极其缓慢的记忆。在这个月色阴沉的夜晚,我轻手轻脚地在床上转身,不想吵醒安娜。她睡得很沉,呼吸平稳。我不想睡,只想缓和自己呼吸的速度来配合她。我紧贴着她,但无论我们躺得多近,两人之间的距离仍然像隔了片汪洋,因为我们无法合而为一。这种失去她的感觉,和我在电话上失去妈妈一样,就像黑色的沙子从我的指缝间流失——不,像是穿越我指缝的一波波海浪,最后只剩下我一个人,舔舐自己咸咸的指头。

　　我完全没办法入睡,我想让时间缓慢流动,想要找出一个阻止她离开的方法。同样地,我也不能失去弗洛拉。我觉得自己一定得想个主意——随便什么主意都好,来挽留安娜。说不定,我会在无意间猜到正确的答案,就像电视猜谜节目里的幸运儿一样,抱回大奖。

"等等,等等,等等。听我说。"我觉得自己仿佛处在一群疯狂的北极燕鸥当中,面对来自四面八方的攻击,没法子找出自保之道。既然我不能像个把自己拴在坦克车上的和平示威分子,那么,也许我可以带她去某个让她无法抗拒、立刻改变主意的地方。

她想搭九点的火车,所以,她早上七点钟还在我的掌握之中,我伸手到被单下,想拖延旭日带来的威胁。此时,透过窗帘投射进房里的阳光呈现一片紫色,就和肉摊上剥了皮的野猪颜色相同。突然,她醒了,看到身旁的我早已醒来(其实我彻夜未眠),感到有些困惑,而我们的女儿仍然沉浸在梦乡里。

"我做了一个很奇怪的梦,"她说,"我梦到你穿着一双蓝色的新靴子,你抱在怀里的弗洛拉恰好也有一双新的蓝色靴子,只是尺寸很迷你。你们在玫瑰花园里,但是我梦里没有别的颜色,连玫瑰都一样,只有靴子是蓝色的。接着,我突然来到一个狭窄的通道,我看到你沿着阶梯往上爬,最后消失在一扇门的后面。我敲了敲门,你抱着弗洛拉来应门,邀我进去喝茶。"

我突然毫无预警地大声说:"也许我们日后还会再生个孩子。"说话时,我不敢看着她。

"是啊,"她说,"有可能。"

我们都下了床。我站在镜子前面,然后握着安娜的手臂,轻轻地将她拉过来,让我们看着镜中两个人的影像。这很像摄影棚的家族照,用雕刻的相框做边,仿佛我们终于正式承认了这段为期四十天的同居时光。我既瘦又苍白,而她也一样苍白。我们的女儿站在后面,她还在婴儿床上,才刚醒来,已经咧开嘴在笑,她的双颊粉嫩,手肘上有明显的酒窝,这一来,我们全家人都框进了照片当中。

"你可以把弗洛拉留在你身边。"她突然轻声说,似乎首度读到新的剧本,想为这个场景找句对白。她凝视着我在镜中的双眼。

我什么话也没说。

"我看到你们相处得那么融洽,而且你又那么负责,我知道我可以放心地把孩子交给你。当然了,我永远会是她的母亲,可是你不必担心,我不会把她从你身边带走。而且我会尽全力协助你抚养她。我愿意为她付出一切。"她说。

"对不起。"她最后这么说。在亲吻我之后,她又说:"给我六个月时间吧。"

七十六

我们像外出野餐的学童般吃了些面包和芝士,静静地面对面坐着,和孩子分吃一个苹果。之后,我站起来清理杯盘,她则是去收拾衣物和书本。

安娜打点完毕后来到走廊上,她紧紧抱住我,我想,她一定能感觉到我的心跳,整个公寓里都听得见我隆隆作响的心跳,令我为之耳鸣。接着她才拥抱孩子。她不要我们陪她到车站;而我也拙于道再会,我甚至没向我妈妈道别。

公寓里终于只剩下我和孩子了。我帮女儿穿上衣服,父女一起坐在桌边看我的园艺书,我女儿翻开她最喜欢的章节:花园的池塘和溪流。

"妈——妈。"孩子说。

"嗯,妈妈晚点会回来。"

我们看着图片上的溪流，这时，有人敲门了。

我立刻冲向门口，在对镜子迅速地顺一下头发之后，才开门。结果，来的是我楼上的邻居。她什么话也没说，只是递给我一只热气腾腾的盘子。我认出好几种鱼和蚌壳，一层色泽美丽的黄米、烤西红柿和洋葱圈，下面还有螃蟹爪子。

"我马上回来。"说完后，她消失在楼梯间里。

我用脚抵住半开的门，看到弗洛拉踩着细碎的脚步，跟着我走出来看是什么人来访。她穿着针织裤袜，陪着我站在门边。

"乖孩子。"我双手都没空，因为我正端着冒热气的餐盘站在门口。

我们的邻居很快又出现，这次她拿来了樱桃蛋糕，表示这是甜点。她看到孩子，脸色顿时明亮了起来，快手快脚地把蛋糕放在厨房的桌子上，好和我女儿打招呼。弗洛拉看到老妇人来访，同样也很高兴，在这之前，我们从来没接待过客人。她松开扶着门框的手，自己一个人摇摇晃晃地走到厨房桌边拿了颗枣子，接着又循着原路线回到门口，把枣子递给我们的邻居。

"我在想，我可能该拿些东西给你，因为那位年轻小姐离开了。"老妇人说，"就算妈妈不在，孩子还是得吃东西。"

我向老妇人道谢，用当地方言感谢她的"热心"，为我们送食物过来,这是我从礼节习俗这个章节里学来的措辞。然而我还是有点担心她坐太久,因为我想带孩子出去打电话给爸爸。

在老妇人终于喝完茶离开之后,我为女儿穿上双排扣设计、口袋装饰着缝线的毛外套,套上外出鞋。

"我们去打电话给杜尔爷爷好吗?"

"爷——爷。"

我没把安娜离开的事告诉爸爸,刚好这次他也没提起安娜,甚至没报告气象、路况和植物的状况。但是他显然有点紧张。

"我有些话要告诉你,但是我不知道你会怎么想。"

"你认识别的女人了吗?"

"你成了灵媒了吗,孩子?我不是昨天才认识她的,其实已经酝酿了一段时间,她是你妈妈和我的老朋友。"

"呃,每次我打电话来,你都会提起宝嘉,你帮她拉电线、修窗户,她请你喝肉汤、吃蜜汁火腿。"

"宝嘉要我搬过去和她住,她一个人住在那幢房子里。"

他稍微犹豫了一下,才说:"我很想继续住在这里,但是我觉得你妈不在,我什么都做不来。"

在改变话题之前,他又停了一下。

"你的小弗洛拉还好吗?"

"她会走路了。"

"你的玫瑰花园呢?"

"又成了全世界最漂亮的玫瑰花园了。"

"真高兴听到这些话,洛比小子。"在他挣扎地说出下一个主题之前,电话那头又是一段沉默。

"我不停地思考,现在才明白,关于你的学业,我一直在施加不必要的压力。如果你快乐,你的老爸也会跟着快乐。约瑟夫和他的女朋友也很快乐,所以,我不必再为我的两个儿子担心。"

"对啊,你真的不用担心我们。"

"你知道吧,如果你想到国外走走,去参观更多花园的话,你还有你妈妈的遗产可以动用。"

在我女儿对着电话筒喊过爷爷,我也向爸爸道过再见之后,我决定去找神父。我必须让他知道我的状况又有了改变,现在只剩下我和孩子,和当初的规划一样。我们在宿舍里找到神父,我告诉他,安娜离开了。

"是啊,感情这种事不好懂。"他拍着我的肩膀说,然后摸摸孩子的头。

"情况好转之前,通常会先走下坡。"他说道。我们又坐在桌子的两侧了。他拿开挡在他和孩子之间的笔筒,然后把蓝连衣裙玩偶拿过来。

"一切结束之后,你一定会发现疏漏的细节,就像圣诞节之前的准备工作。"他开始浏览架子上的录像带。

"你一定可以想象,有太多电影在讲述无法预料的爱情道路,我得花好几个世纪的时间,才能全部找出来。"神父说着话时,我女儿似乎累了,她把头靠向我的肩膀,我拿起奶嘴往她嘴里塞。接着我发现桌上有个小陶盆,里头装了土,绿色的枝芽开始冒出头来。我没问神父这是什么品种的植物。

"但是,如果你给我一点时间,下午再过来,我应该可以帮你找出几部片子。我会把重点放在女性导演上,虽说,这些片子多少有点讽刺意味。"

随后他转变了话题,表示修道院里的每个人都觉得花园美极了。虽然这远远称不上奇迹,但是花园的改变比大家的想象来得可观,而且,从札哈里亚斯修士和其他人找到的古代手稿来看,花园又恢复了古书所形容的面貌,美丽的程度直可上比圣母。

"池塘边的八个弧形花坛使得花园更臻完美。"他边说边整理桌上的文件。

"是啊。"我说。我女儿趴在我肩头上睡着了,我轻抚她的脸颊。

"现在呢,从图书馆的窗户看出去就是美丽的花园,修士们几乎没办法待在里头。"神父说着,便往后靠向椅背,研究我女儿的睡姿。

"大家对修道院一直有些小额捐献，我们有一笔基金，尽管说，仍然比不上从前的财富，"他带着微笑说，"到目前为止，基金多半用来修复手稿，但是我们都同意动用一部分的钱来支付你照顾花园的薪水。我们也觉得花园不该只让十三位修士欣赏，正考虑对外开放观光。"

当我抱着沉睡的孩子站起来时，神父朝冒出嫩枝的花盆点点头，说："不是，那不是你带来的品种，如果我没看错装种子的包装袋，将来开的应该是百合花。"

托马斯神父陪着我们走到街上，应该是认为我下午不会再回来找他了。我抱着熟睡的孩子，他和我握手道再会之后，突然说："我忘了，你说你的玫瑰是什么品种，就是你带来种在花园里的玫瑰？"

"八瓣玫瑰。"

"对了，八瓣玫瑰，没错，我也是这么想的。下次你经过教堂时，应该去看看祭坛窗上的玫瑰，同样有八枚花瓣环着花心。"

七十七

我们一大早就醒了,外头还是一片漆黑。夜里,我把孩子抱到我的床上,这会儿她坐在我身边四处张望。被子上仍然闻得到她妈妈的气味。

"啾——啾。"孩子指着一只剩下半截翅膀的鸽子。

我转头看着女儿,她咧嘴露出大大的笑容。

"我们要不要回家找爷爷?"

"爷——爷。"

"弗洛拉想在苔藓上走路吗?"

"爸爸要不要去帮弗洛拉采岩高兰果?"

"弗洛拉想不想坐在草丛上?"

我把还穿着睡衣的女儿带进厨房,在水壶里加满了水,打开燃气炉,然后在锅子里放了些燕麦,在等候水滚的时候帮女儿系上围兜。

吃完早餐后我们没有磨蹭，直接换上衣服就出门。我把孩子放在推车里，天还没全亮，修道院上方，平静的天空中仍然有一片奇特的红蓝色烟雾。

在我们走进教堂后，我在《最后审判日》的画作前踩下婴儿车的刹车。我抱起女儿，让她坐在我肩膀上，父女俩经过昏暗的教堂深处，迈步朝阳光走去。我们不疾不徐，一路上停了好几次。我在圣约瑟前的捐献箱里放了几枚铜板，点了一支蜡烛。然后我一手拿着点燃的蜡烛，一手握住我女儿的脚踝，小心地不让烛油滴落下来。我们慢慢地朝太阳升起方向的圣坛走过去，看到拂晓带来了琥珀色的光线。慢慢地，微弱的光影凝聚成光束，透过彩绘玻璃往里照，为教堂投射出白色棉花般透明的柔和光芒。我女儿仍旧静静地坐在我的肩膀上，我举起手挡着光，然后看着那光，看那光线穿过彩绘玻璃上花朵的花冠，落在孩子的脸颊上，也看到圣坛上方的玻璃窗镶嵌着一朵八瓣玫瑰。

Afleggjarinn by Auður Ava Ólafsdóttir
Copyright © Auður Ava Ólafsdóttir, 2007
Published by arrangement with Éditions Zulma, Paris.
Simplified Chinese edition arranged through Dakai Agency Limited.
本书中文简体字版版权，浙江文艺出版社独家所有。
版权合同登记号：图字：11-2017-138 号

本书译文由台湾宝瓶文化授权使用。
版权合同登记号：图字：11-2017-218 号

图书在版编目（CIP）数据

种玫瑰的男人 / [冰]奥杜·阿娃·奥拉夫斯多蒂著；苏莹文译. —杭州：浙江文艺出版社，2018.10
 ISBN 978-7-5339-5408-6

Ⅰ.①种… Ⅱ.①奥… ②苏… Ⅲ.①长篇小说—冰岛—现代 Ⅳ.① I535.45

中国版本图书馆 CIP 数据核字（2018）第 215289 号

策划统筹：李　灿
责任编辑：王　青
文字编辑：王璐莎　庄馨丽
封面设计：山川制本 workshop
责任印制：吴春娟

种玫瑰的男人

[冰岛] 奥杜·阿娃·奥拉夫斯多蒂　著
苏莹文　译

出版：浙江文艺出版社
地址：杭州市体育场路 347 号　邮编：310006
网址：www.zjwycbs.cn
经销：浙江省新华书店集团有限公司
印刷：杭州富春印务有限公司
开本：880 毫米 ×1230 毫米　1/32
字数：177 千字
印张：9.75
插页：2
版次：2018 年 10 月第 1 版　2018 年 10 月第 1 次印刷
书号：ISBN 978-7-5339-5408-6
定价：42.00 元

版权所有　侵权必究
（如有印、装质量问题，请寄承印单位调换）